十二夜

黄了青梅 著

译林出版社

图书在版编目（CIP）数据

十二夜 / 黄了青梅著．—南京：译林出版社，2015.6
ISBN 978-7-5447-5442-2

Ⅰ.①十… Ⅱ.①黄… Ⅲ.①短篇小说-小说集-中国-当代
Ⅳ.①I 247.7

中国版本图书馆CIP数据核字（2015）第086969号

书　　名	十二夜
作　　者	黄了青梅
责任编辑	陆元昶
特约编辑	周正朗
出版发行	凤凰出版传媒股份有限公司 译林出版社
出版社地址	南京市湖南路1号A楼，邮编：210009
电子信箱	yilin@yilin.com
出版社网址	http://www.yilin.com
印　　刷	三河市祥达印刷包装有限公司
开　　本	640×960毫米　　1/16
印　　张	15
字　　数	190千字
版　　次	2015年6月第1版　2015年6月第1次印刷
书　　号	ISBN 978-7-5447-5442-2
定　　价	26.80元

译林版图书若有印装错误可向承印厂调换

目录

序

金锁记　叶倾城

第一部分　十二夜

第一夜　爱过你，错过你 … 3

第二夜　你最好的角色就是情人 … 9

第三夜　总有情人被辜负 … 15

第四夜　他的情欲，她的情 … 21

第五夜　偷欢 … 26

第六夜　给爱情一个机会 … 32

第七夜　就这样辜负了好时光 … 38

第八夜　爱是寂寞撒的谎 … 44

第九夜　你来过，爱来过 … 50

第十夜　每一种出轨都是一样的 … 56

第十一夜　你有多好，爱就有多好 … 62

第十二夜　爱的瑕疵 … 68

第二部分　十二日

第一日　婚姻只有一个答案 … 77

第二日　一个不复杂的故事 … 84

第三日　谁的婚姻不出轨 … 90

第四日　我不是非你不可 … 96

第五日　现在，你和爱的人生活在一起吗 … 102

第六日　幸福大街521号的“钉子户” … 110

第七日　让我再爱你一次 … 116

第八日　差一点儿，他成了她爸爸 … 123

第九日　我爱你，只是因为是你 … 129

第十日　我们，白首不分离 … 136

第十一日　把幸福还给你 … 141

第十一日　七年，我距离你有多远 … 148

第三部分　合欢街九号的来信

合欢街九号的来信 … 159

一个女人失恋的24小时 … 165

那年秋天的性事 … 171

男闺蜜都是骗人的 … 177

零点零九分，结束一个故事 … 183

芙蓉巷B座13号 … 189

最适合接吻的距离 … 195

爱情公寓里的女人 … 200

天堂很近，幸福不远 … 206

你不来，我不老 … 213

往事别乱翻 … 217

不小心，爱过了 … 223

序

金锁记

叶倾城

血，总是热的，也会渐冷。步入中年之后，我能意识到自己跟世界清清淡淡的距离感，我善待每一个人，但不太容易深交，我知道每个人都是星辰，沿着自己的轨道运行。在这浩瀚星空里，你我的轨道纵有相交，还未必在同一时刻抵达。我已经很多年不曾认识新朋友，黄了青梅，是一个绝大的例外。

认识，不过是萍水相逢，在一家杂志社举办的笔会上，我留意到她，非常自然：她的活泼爱娇，一言一笑间，像有光从她脸上一掠而过。行走间分花拂柳，坐下时春生裙摆。她那么千伶万俐，却又善体人意：她给我拍照——那么胖大的我，在她镜头里迅速小了一圈，从“惨不忍睹”到“差强人意”。坐在车上聊天，我随意说到她腕上的手钏，她立刻摘下来送我：果然是山东姑娘，有“肯把金针度与人”的豪情。

不过如此。人生梦幻泡影，转身后，背后的一切就不复存在。但，青梅却以她独特的温热留住了我。忘了从几时起，开始倾谈女子们共同的心事。有时聊到很晚，在静夜，看过窗外一片晕红，是起了雾。远远，在雾影里，有一盏陌生的灯，我明知道不可能，但，那是青梅吗？她有着与我一样的温热。因此，有一种被照亮的心情。

先了解她的人，再来读懂她的文。她的文字，并不惊艳，然而值得重看，越看越舒服，像那些微微泛黄的麻质衣服，绣了一小团一小团玉色的花，不华丽，却素雅、诗韵、来日方长。

她的小故事，每个都那么好。那好，不能分析，无法解构，不是建筑的钉与铆，一丝不苟，却是三春女子，天生自来的兰花香，无端端沁入肺腑。

而她，有一份全职工作，对她的老公、小孩来说，她也是全职的妻与母。柔媚与大气，在她身上奇妙地混在一起，令人想起那些被画在绢上的宋代仕女，看似柔弱，却能抵御时间的永恒。

我一直想问她：哪儿来的这些时间？或者，我真正想问的是：哪儿来的这些力量？在上一个工作与下一个工作之间，在这一个家人与另一个家人之外，当所有人都在浪掷时间，像丢掉一袋一袋不相干的垃圾，她却在观察、记录、收拾心情，并且写下来。谁说写字不艰苦？有多少人起意要写博客尚且不曾坚持下来。

有些朋友，是会交一辈子的。我与青梅应如是。因缘际会，今年去了几次山东，几次都打扰她。我没想到她全程陪同，事事处处都料理得得得当当。我只在文字里如鱼得水，对日常人生，大抵笨拙。

看了她这样的双栖，更加佩服得五体投地。她是我的借鉴，提醒天性疏懒的我该如何以朋友待我之心待朋友。

也许，真正聪明、热爱生活的人，会把这才华与热情，展现在人生的方方面面。骨子里，我想她与我一样，都羞怯谦抑。写字的人都是手艺人，靠双手吃饭，不能不低调，也不能不骄傲。时间一径过去，可以是荒废，而对青梅，我知道，一寸一寸都是金子。每一天，每一步，她都有所得。

而这，是她的第一本书，她的第一个“女儿”。我责无旁贷是“干妈”。我不敢掠美亲妈的功劳，却的确分享过新生的喜悦。

于是写下这一篇小东西，算是送给新女儿的一环金锁片。秀才人情，微薄得很，如果能在宝宝的项上闪一圈微光，也就够了。

第一部分

十二夜

情有十二夜，夜夜是原罪。

第一夜　爱过你，错过你

最初是没有坚持等待，最后是没有坚持爱。

1

林丹的车行在高速路上，方晓倩的短信到了，问他什么时候下高速，她做了他爱吃的西红柿牛腩。他把电话打过去，逗她说："还准备了什么？"

"坏呀你，不专心开车。"

林丹笑笑，一颗心跟着紧跳了几下，这是他们这个月的第三次见面了。二百多公里的距离不是太远，但让他从纷繁的工作和新婚的老婆占据的时间中，偷得这样的闲暇，实属奢侈。

林丹总觉得命运跟他开了个恶劣的玩笑，将方晓倩的身份从他的前女友变成了如今的新情人。两年之前，他考到省会去，方晓倩不舍得他走，也不舍得跟他走。她是这座小城里的公务员，父亲去世早，和母亲相依为命，仕途身家，都是无法远走的理由。林丹其实也犹豫过，可周围所有的人都劝，男人的事业为最重，机会千载难逢云云。她开始不见他了，打了电话说："到底是不够爱，不肯留下来。"林丹也气呼呼地说："你若爱我，如何不肯跟我走？"谁爱谁更多些成了争吵的理由，从春末到秋初，吵到分手。

一别两年，断得干净利落。

两年后，林丹被派回方晓倩的城市培训一个月，两人又见了面，鬼使神差地看了一场电影，喝了一点酒，共度一夜——回到旧路上，却是水中月，无法见得天亮。

她问他："这两年你有没有想过我？"林丹狠狠亲了她的脸颊一下，不肯回答。如何不想，他们在一起过了五年，人生中的十几分之一，共同经历过那么多。方晓倩捧着他的脸，看着他的眼睛，一字一顿地说："我常常想你。"说完是一声叹息，这世上最怕的是，离开之后才知道其实还在爱。

分开两年，谁都没有荒着时光，方晓倩谈了一场无疾而终的恋爱，而林丹刚新婚。照他的话说，不是多么爱，是时机刚刚好。

■

林丹培训一个月，两人在一起待了近三十天。每天他回她的小家，她就已变着花样准备好菜。样样他都喜欢，女人在厨房里活色生香地忙活着，玫瑰在桌上肆意癫狂开得热烈。

有的夜是着了火一般，恨不得揉到对方身体里似的抵死缠绵，她咬着他的耳垂说："我爱你。"他回应她的是一浪烈过一浪的用力，一夜芙蓉帐暖。有的夜是水一样的安静，窗外是浅月光，窗内的人是十指交叉，有时说着细碎的话，有时一团沉默，甜腻腻听着对方的呼吸声。日子拼了命似的好，偷来的时光，总是格外珍惜。

谁都不说未来，到了分别的时候，却是分不了。方晓倩说别再联系了，林丹放不下，忍了几日打电话给她，还没响一声就被她接起来，像是一直在等着。通了话，谁都不知道说什么。很久，林丹说："今天去看你。"她只简单应一声"哦"，林丹却感觉到她挂电话时爆炸了一般的欢乐。

他陷得多苦，她就有多水深火热。日子这样往前过着，如同眼前这路，苦乐都有，一路迷惘，却还是被欲望催着迷了心一样地走。

3

方晓倩依然在高速路口等着他，他每次都说别跑这么远来等，让他不放心，她说："时间那么少，多一秒是一秒。"他便不敢再说话。

这次她问他："累不累？"林丹摇头，啄了她的嘴唇一下，有测速监控，她笑着躲。她说："怎么跟她说的？"说完便后悔了。他说："跟她撒了谎，明天回去。"两人都不再说话，五味上心头，一车沉静。

到了她家附近，他拿了钥匙先走。她走在他身后三五米的距离，躲避着这座城市里他们熟悉的人，她能看到他微微汗湿的发梢，他平整的裤脚。再转两个弯便是她的房子，在那儿，他是她的，但是此刻不行，这三五米就是他和她的咫尺天涯。街上汹涌的人流，她只能做别人的眼中他的路人。

这一次的相聚是一地的悲伤，林丹的妻子不停打来电话，好像知道了些什么，他躲在阳台上遮遮掩掩的语气伤了她。"分了吧。"她说。他搂住她，不说话。见不到他不开心，见到他也不开心，两个人像无助的孩子，找不到路。这一次复合，那些五年的爱恋，两年分离的想念好像都喷薄而出，他一想到她以后成了家，养个孩子，日子活泼热闹，她的欢笑、苦恼都和他再无联系，他就心如刀割。

方晓倩的泪迷了眼，真的分，哪里还需要说一句话。说给他听，无非是要一个挽留，希望他说一句抛开一切娶她的话。她觉得只要他一句话，她会跟他走。工作无所谓了，母亲总有办法照顾，可他不说。她也知道，又不是小孩过家家，哪儿有那样容易说出来。

他当夜便走了，怕他的妻子起疑心。她送他下楼，一颗心直往下沉。

■

一夜一夜纠结，两座城市，两个无眠人，还是断不了联系，只是更私密。一句一句的话语，冰川下的火山一样，用尽了半世的情爱，方晓倩的眼泪常常跑出来，哪怕是收到一句："天气预报你那儿有雨，不要穿得太单薄，我挂念。"

大学同学聚会，他们都去了。有不知情的人说着艳羡的话，两人都不争辩，聚会到热闹处，有知道的人也开始起哄，让他们喝个交杯酒，于是喝了，酒很涩，加了他的懊悔和她的泪。

散步去海边，两人躺在沙滩上，天空中有月如钩，海浪打上来又退回去。方晓倩醉了，贴着他的耳朵呢喃："你是爱过我的，可也不过是这样，年龄越大，人心越麻木，爱情不过是单枪匹马，哪里抵得过千军万马的人生？到曲终人散，人老珠黄的时候再分开，还能有几许暖意？"

他为她语气里的凉害怕起来，这么多年，他太懂得她，或者，这一次真的是再也不见，可他如今是那么迫切地想要将来，想要白头偕老；失去她是怎样的生活，他越来越不敢想。

浪头越来越高，已经有海水漫过来，两人握着手，谁都不愿意起身。死就死吧，这纷繁的人生，在这大海面前如此单薄，多少人充满希望又看不到未来。

■

还是回了，两个人都是湿漉漉的。房间里暖暖的，月光洒了一地。她蒙了他的眼，一点点褪去他的衣服，手指和舌尖触过他的每一寸肌肤，软软的，热热的，水滴一样滑过，惹得他的心生生疼起来。

他看不到她的脸，却是感觉到她指尖的绝望，过往的片段幕幕回放，那些不懂爱情的日子，他们是如何那么蠢笨地轻易说了放手。林丹的眼泪开始不停地往下落。他摸到她的脸，触到一手泪水，他的指尖从她的发际滑到她的嘴唇，到处是湿的。吻过去，便吻住她的一声呜咽，从身体的最深处发出来，声声是悲伤。

他说："你等我一个月，好不好？"没有回答，两个人都没有再说话。清晨起床，她已经不见了。他躲在宾馆里，吸了一盒烟，想着前途与归路，屋子里着了火一样。

终于艰难地打妻子的电话，还没来得及说话，妻子说："老公，我怀孕了。"他说："真的啊，我真高兴。"挂了电话，半晌，泪才落下来。哪里有什么不肯罢手，有时候人真的是要认命。他和方晓倩的缘分不过如此，轰轰烈烈地爱过，到头来还不是一场春梦了无痕。

他发信息给方晓倩："她怀孕了。"方晓倩打来电话，他犹豫一下，接起来，方晓倩说："恭喜你呀，要当爸爸了。"没有明显的喜和悲，他听不出她的情绪。

她说："再见。"

"哦。"

6

陪妻子去医院，诊断结果是假孕，竟然如一块石头落了地。拿到结果的那一刻他就想走，想打电话给方晓倩，想下一秒就出现在她的身边。阳光一点点照回他的世界。妻子还在说着如何休养身体，努力要孩子，他看着医院里来来往往的人，心早已跑远。在这儿，有人出生，有人死去，这一生原来有这么多遗憾，那些无法同方晓倩一起走过的路，无法一起看到的日落日出。

林丹真的害怕了，人生原来一直有太多的来不及。

折腾了半年，剥皮抽筋一样地闹腾，才得以离了婚。这半年，他忍着没跟方晓倩有一点儿联系，离婚闹到最僵处，他怕牵扯她，也害怕她受伤害，这是他能给她唯一的保护。真的爱，必是要有个真诚的姿态吧。

他找朋友设计了两张民国式样的结婚证，上面写着：喜今日赤绳系定，珠联璧合。卜他年白头永偕，桂馥兰馨。结婚证上有他和她大学时期的照片，羊皮纸上，两只喜鹊一树梅，处处写着花好月圆。

朋友说："你小子真勇敢。"语气里有担忧有羡慕，他知道朋友的婚姻如败絮一团，可是还是在人前显出两张光鲜的脸来。现下里，爱和恨都容易使人苍老，太多人选择按部就班地往前走。

林丹去买了一枚钻戒，不太大，房子留给了妻子，只留了一点积蓄和一辆能随时奔赴方晓倩的车。可这没什么，他们有一辈子的时间，钱能一点点儿攒，以前做过的梦，总会一点点实现。

因为喷薄而来的欢喜，这条路显得这样长。

■

林丹等在方晓倩的单位门口，脚都有些发颤。

第一次约会他也是这样紧张，她那时也没好到哪儿去——两个人围着小城的湖走了很多圈却谁也没敢说一句话；试图靠近牵一下手，却在碰到的瞬间，触电般分开。一个人的车里，林丹自己傻乐了很久，往事像一束束的花儿开，美好芬芳。

终于看到她了，却不是她一个人，身边的男人高高的，走在她的外侧，有车过来，间或搂她一下。林丹觉得有东西铺天盖地砸过来，一时便是黑暗世界。方晓倩下意识地扭头看车牌，抬眼便看到车内的他一张苍白的脸。

他坐在驾驶座上一动未动，来时有多欢喜，此刻就有多绝望。他的眼里都是泪，看不清方晓倩的表情。男人拉了方晓倩一下，她转身跟着走，脚步踉跄一下。他等着她回头，一直看到信号灯由红转到绿，看她在人群里走远，也未曾再看到她的脸。

他想起两年前，分手时，他说："我不想走。"火车进站，她推着他和他的行李，催着他，然后转身，也是这样的情景。

怪谁呢，命运蹉跎还是荒唐？或者，谁都不怪，是他们都没有坚持一下。最初是没有坚持等待，最后是没有坚持爱。

第二夜　你最好的角色就是情人

佛说：这是一个娑婆的世界。娑婆便是遗憾吧。到底是不够爱。

周林楠的老婆自杀了。

消息传来，已临近下班，昕薇在洗手间补妆，等待着半个小时后去赴周林楠的约会——他们在一起四年了，她见他之前还是会紧张，会一遍遍地审视自己的妆容，在意自己的状态。谁说真爱一个人，就是不紧张，就是可以在他面前无所顾忌地打嗝、放屁、挖耳朵、流鼻涕，可以不洗脸不梳头不化妆？那种爱的状态，昕薇一辈子都做不到，她听到周林楠的名字还是会心跳加速，在他面前还是会偶尔不知所措。

昕薇怀疑自己听错了，顾不上只涂了一半的唇彩，胡乱地抿了一下，转身走出洗手间，聊天的两个人立马噤了声。公司里的人都是各路神仙八方灵通，关于周林楠和昕薇的八卦早就满天飞。

她心里一百个疑问都得不到答案。她为什么会自杀？是发现他们的关系还是另有原因？她一遍遍按捺着拨打他手机的冲动，煎熬着，却收到他的短信：“对不起，不能过去见你了。”泪一下子涌上来，这时候，他还记得和她的约会。

车子驶进医院时，昕薇还有些恍惚：怎么就这样大着胆子来了？说到底，她爱他，挂念他，挂念周林楠自己撑不过这道关。她做了最坏的打算，如果真的是为了他们的私情而自杀，她会和周林楠站在一起接受惩罚。

2

医院里人很多，没有人顾得上她。

一张张熟悉的和不熟悉的脸在她面前晃来晃去，周林楠站在走廊的窗户边，转身看到她，眼圈便红了。有他妻子的娘家人在，昕薇只有在人群中看着他，百转千回，恨不得眼神里能缱绻起一个怀抱，将他揽在她的怀里。

爱情是一件细水长流的事情，四年了，她一直觉得他的灵魂住在她的身体里。那年，他还是一家工厂的厂长，人员裁减，才来一个月的她面临着被辞退。不想回偏远的老家去，那意味着结婚生子，黄土地上的一辈子。鼓足了勇气，她去他的办公室找他，那些话她默背了一夜，竭尽讨好之意。他却说："这种卑微不是你该有的。"她以为他拒绝了她，委屈、失落和无法得逞的懊恼，千军万马一般掠过她的身体，她说："如果可以，谁不愿意做矜持骄傲的女孩子，柔软天真肆意地在人前欢叫，谁不愿意做那一粒豌豆便半夜硌醒的公主！"

说到后来，她几乎是喊的，喊完转身就走，却听到背后传来声音："明天你去厂办入职。"

她所有的情绪被抛在半空，半晌才接受这突如其来的狂喜。第二天，就有谣言把他和她的床事说得有声有色。她听到了，竟没有生气，夜里就梦到他，醒来一颗心慌了很久。

这座城市的梧桐树从光秃到金黄，从金黄再到光秃，辗转已是四个春秋。他们在四年前就没逃过那些男欢女爱的套路。她做了他的女人，她不是那种连自己欲望都控制不好拿捏不住的女人。"情不能自已。”她是这样解释这份感情的。

周林楠是她的恩人，她是他精心养的一盆花。是的，他是养着她的。他的世界观冲击着她，他的思想润泽着她，她上夜校，学英语，他通过私人关系把她送到一家企业，她自己又应试到了外企。四年的时光，他用超强的能量，给这朵花儿阳光和雨露，而她，为了他，为了自己，拼了命地生长，开出一朵花儿最美的姿态。

他是她生命中的第一个男人，她所有关于性的经验都来源于他。每一次都是动心动肺，他说："不是我真的那么好，只是你爱我。"她躺在床上，每一寸皮肤都因为他的爱抚而慵懒。"那你呢，爱我吗？"她很少问他这个问题，他说："我心疼你。"她噘着嘴哼一声，以示不满，他就压过来，吻着她，作势再要一次，讨饶的是她。这么多年，他的身体里总是藏着一头野兽，只听她召唤的野兽，每一次的欢爱，她都像是用尽了平生的气力，最后的欢愉常常败在他面前。

这情是不需要问的，他心疼她，依赖她。有时候，她会接到他的电话，问她最喜欢粉色还是嫩黄，他说："你书桌前缺一盏台灯。"再有，他打电话给她，说明天有一个特别重要的会议，他是要穿那件白色的衬衣还是那款蓝色的，搭配哪条领带。

他不说我爱你，可是，做的都是爱人的事情。

3

陆续有人私语，她听了个大概：女人挪用公款炒股，赔了个底朝天，检查身体又查出了乳腺病，没等到病理分析结果出来，人就想不开了。

她不知道他做丈夫是什么样子的。他在她面前，只有一个男人的角色。他常常会很累，入心入肺的累。竞争越来越厉害，他叹息过几次自己老了，睡觉有时都是眉头紧锁的。他累的时候喜欢去她那儿，躺在她的怀里，听她哼些老歌，或者读些新闻，再或者左一下右一下地给他放松身体。几个小时或者一夜，他走时便是精神饱满的。他喜悦的时候，也会在她身边，说着自己的得意和雄心壮志的计划，甚至还有男人不可告人的小伎俩。他说："我们的养是相互的，经纬脉络，绕在一起，没有你就不会有我。"

他们美好的时候，他的妻子在哪儿？昕薇听到的关于她的消息都是支离破碎的。这本身就是他们之间尴尬和禁忌的话题。他说过她的性格有些暴躁，他们已分床很多年，能说的话越来越少。她是矛盾的，既心疼他们的状态，又暗喜他们的疏离。

成功和成熟真的是男人最好的装饰品，他其实是她的梦想，关于未来的每一幕里她都设想过他的出演。她曾经期盼过，同这个人一起生儿育女，携手白头。其实，只要可以在阳光下牵手走一次，那今生也无憾了吧。但她从来没有想过他会娶她，中年男人的人生步步为营，哪一步不是步履维艰。

昕薇时时纠结平衡自己，却也日渐享受了她的角色，除却工作、生活和家人，一个男人愿意拿出五分的爱给她，其实已是足矣。她习惯了站在他稳定生活的背后做一个锦上添花的角色，精心装扮，每隔几日分享他的快乐，分担他无法言说的悲苦。

调情调色，风生水起。

■

人散去了些，昕薇透过人群看周林楠，他鬓角的白发似乎更多了。她看到他在一个女人面前哭泣，女人很老了，七八十岁的样子，昕薇细看过去，是他的妈妈。

她的心被生生扯了一下，她看到他的双肩抖动，扑在那个女人的怀里，那是一个男人恸哭的方式了吧。

他在她面前也这样哭过，是他们在一起的第三年，有不知情的男子来追求，她是想过分开的，跟他说了，他说："好啊，是该找个好人家的。"听起来风轻云淡，让她很是失落。夜里，他喝了些酒不管不顾地跑来找她，他说："你敢走？你知不知道你是我的女人，这辈子都只能是我的。"那次，他也是这样哭的，声音像是从身体里冲出来，低声嘶吼。他裹挟着她，长驱直入，要得极其霸道。

她原谅了他，死了心地陪着，霸气和自私，真的只隔了一条爱情的河。

她以前以为爱就是爱了，只有一生一世一对人的情感，没有中间路可走，或者她是想错了。有多少话是他不能对她讲的，他和妻子二十多年的相守，婚姻里丝丝缕缕的缠绵，那些不可分离的筋骨血肉，他是不会告诉她的。而她不知道的，未必是不存在的。

他的女儿被人送来，风卷云一样冲过去，她听到了他女儿的哭喊，心里又是一阵难过。他的女儿经过她身边的时候，看了她一眼，眼光里的意味她没来得及读懂，却已是心生怯意。她在厂里见过她几次，女孩子话不多，却是眼神凌厉心思敏锐。她说："我爸爸和妈妈是不会分开的。"那是两年前吧，她语气带了些讨好："没有人想让他们分开。"

以后呢？昕薇想到未来的日子：他 46 岁了，还有一个 17 岁的女儿，她除了照顾他之外，还要照顾他的妈妈和他的女儿。这些以前他妻子做的工作。她做好准备要融入他的生活吗？为什么会是今日的心情——无奈，不情愿，还有一点不甘心。情人的真正魅力，恐怕就在于这个角色吧，与有情人，只能做快乐事。

她想她应该是高兴的啊，心却是像缠了一道又一道的钢箍，有些窒息。这些年，她依靠他，但不依附他，她一直是这样做的，因为她从没有想过他们会真正在一起。这个念头，吓了她一跳，却是越来越肯定，她曾经以为他们是相遇晚了，其实，时光倒回去，他未必肯娶，她也未必肯嫁。

她以为她是爱他的，伤筋动骨。怎么会不爱呢？四年的青春，她无怨无悔地陪着他。有恩情，有执迷，她以为这情足以称为爱情。那么多细枝末节的爱，她以为不可能一朝一夕淡了去，但是，当这份感情摆在现实面前竟是脆弱不堪。

5

手术室里有大夫出来，说病人抢救成功，周林楠跟着大夫走出去很远，经过她时，没顾上看她一眼。她的心疼了一下，又舒了一口气。

他对于他的妻子是爱的吧，只是人生如此漫长寂寞，以至于我们太需要与人分享，有些爱就是人活在世界上让我们觉得不是那么寂寞的很重要的东西。但，也只是重要而已。

她看着他对着医生讨好的背影，看得贪婪不舍，一遍又一遍。那些经年过去的每一个细节和每一幅插图都火苗一样闪烁，她是真心想陪着他的，可也只是“陪着”而已。在他和她的这段感情中，她唯一愿意做并能做好的角色只有情人。而情人，算什么呢？

佛说：这是一个娑婆的世界。娑婆便是遗憾吧。到底是不够爱。

第三夜　总有情人被辜负

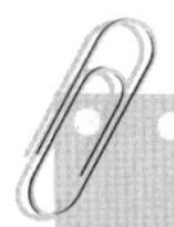

高楼林立的水泥森林里，想离开一个人是那样容易。

1 情人——不是调情的人，而是有情的人

沈蓓蓓觉得方天桐最近整个人不对劲儿，手机像是热线，总打不进去；打给沈蓓蓓的电话却是极少而且敷衍。两人本来隔了几百里，现在见面的频率也由两周一次减到一个月一次。这些都不重要，沈蓓蓓最受不了的是，即使见了，方天桐也是心不在焉。

两个月前，方天桐还是那个在床上能把她折腾成两截的方天桐，两个月后，他却疲软在宾馆的床上，任沈蓓蓓挑逗了半天都无能为力。方天桐讪讪地解释最近太累了，沈蓓蓓却笃定了自己的感觉——方天桐有了新情况。

方天桐走后的当晚，沈蓓蓓站在镜子前试穿新买的内衣，镜子里的女人 31 岁了，身材还是那样好，莹白紧实。她忽然间想到和方天桐的第一次，想到这个男人自上而下的吻，灵活而圆润的手，冲锋陷阵的身体，芍药开，牡丹放，花红了一片。

沈蓓蓓决定飞去深圳，她贪恋他的体温和他给予她的七里花香气

的暖，即使她不知道自己该以什么样的身份去，去了又能如何。沈蓓蓓同方天桐的关系，用时下的定义来形容便是情人，沈蓓蓓也喜欢这个词，情人不是调情的人，而是有情的人，不犀利，不隐晦，多好。

丈夫陆天昊回来的时候，沈蓓蓓已收拾好行李。出差的借口，陆天昊一点儿也没起疑心，只问了一句她带的钱够不够用。夜里，陆天昊的身体探过来，她装作睡熟了，屋外的月光亮堂堂的，亮得让她心里一团乱。

第二天，登机，收到陆天昊的短信：有事情随时打我电话。

沈蓓蓓心里浮上来许多小感情，小感动，小情绪。

不能忍心说再见

飞机起飞的时候，沈蓓蓓还在想她和方天桐的遇见。

两人是在网上认识的，彼时，她和丈夫陆天昊的感情正巧处在疲惫期，爱做得格外少，架吵得出奇多。婚姻的磨砺让沈蓓蓓格外失望，大悲痛，小情绪，一股脑儿地倒给网络那端时常在线的方天桐，他安静地听着，像个老朋友一样宽慰她。日子久了，便暧昧起来，这样的关系沈蓓蓓倒没怎么担心，隔了那么远，暧昧又怎样。

《花样年华》正火的时候，沈蓓蓓也买了一件旗袍，回家便摇曳着穿给陆天昊看，那边厢陆天昊正看着NBA的直播。沈蓓蓓在他面前一站的工夫，错过了一个精彩的三分球，于是，紧赶着让沈蓓蓓躲开，敷衍着说：“好看好看，绝世无双。”沈蓓蓓心下冒火，咔嗒关了电视。若在以往，陆天昊会作着揖讨饶求她开了电视，这次却起身走了，临出门扔下一句：“以为自己穿上旗袍就是张曼玉啊。”

就那天，沈蓓蓓穿着她那风情万种的旗袍跟方天桐视频了。只隔一天，方天桐便来了，飞机要起飞的时候才给沈蓓蓓发了短信，四个字：

“我要见你。”他说“要”，而不是说“想”，多霸道，可是沈蓓蓓喜欢，很久没有人对她这样霸道过了。

沈蓓蓓知道，一个已婚男人，一个已婚女人，相识于网络，情趣相投，见面总要发生些什么的，这样想着，脸忽然变红了。见了面，这个男人果然霸气，在床上，沈蓓蓓被他的激情主宰着一浪一浪地冲上天又落了地。她从来没那么尖声叫过，叫得方天桐都害怕了，拼命地吻着她的唇。

这之后，同陆天昊的疲惫期却莫名地结束了，两人又恢复以前的好，有声有趣地生活。沈蓓蓓常常会觉得对不起陆天昊，对方天桐有意冷淡起来，方天桐却不肯放手，总是几百里地飞过来，见她一面再匆匆地回，沈蓓蓓先是忍不下心来说再见，后来便开始迷恋这感觉，再不舍得戒掉。

他有了第二个情人

沈蓓蓓住的宾馆就在方天桐单位的对面。刚登记好房间，陆天昊的问候电话便到了，她敷衍着，心里想的是，该不该先给方天桐打个电话说她来他的城市了，见到了他讲过的叫作“天堂鸟”的花店、十字路口的青桐树和他单位门口修鞋的师傅。

最终是打了，却没来得及说一句话，因为她听到他的声音，他说的第一句话是：“亲爱的，我在忙。”便挂掉了。沈蓓蓓握着手机，所有的话散回去。

沈蓓蓓知道，做情人总该遵循情人的规则，聚时欢喜，散时随缘。她却偏介意，因为总不能忘记方天桐说过的，一辈子就她一个情人。她迷惑于这“一辈子”。

有人说，这种关系，大抵上过床后的女人都不被男人珍惜，可是方天桐爱惜她比以前还多，他们在一起时，她光脚踩在地板上他都不肯；他在凌晨等在线上为了第一个给她说句生日快乐；她病了，他比陆天昊还着急，寻医问药给她在QQ上贴自己找寻的偏方；只要他有时间，必然在网络那端等着她，听她琐琐碎碎地说东说西，哪怕是到凌晨三点。

这样的情，哪儿只是别人定义的婚外情呢，即使这都是一些碎碎琐事，沈蓓蓓也无从忘，她那么希望能成为他心底的一朵花，生根发芽，开到极致。

她按照早报上的地址找到了一处私家侦探，对方开口便是五千块，沈蓓蓓犹豫了一下，最终空空地回了宾馆，为这感情花五千块钱买单，沈蓓蓓多少还是有些犹豫的。她在网上搜了很久，终是花了三百块钱买来了方天桐的聊天记录和通话记录，看着频繁出现的电话号码和那些暧昧情色的对话，沈蓓蓓的心里像是掉进了冰湖，凉得喘不过气来。

一时之间，沈蓓蓓不知道该怎么办了。她留着最后一丝希望，跑到楼下，给那个号码打了电话。没有意外，是一个女人，声音有些哑。“王小姐吗？”“打错了。”沈蓓蓓觉得方天桐的这个城市真冷，谁说的深圳没有冬天，她觉得自己冷得呼吸都打战了。

沈蓓蓓想见见这个女人，她有着怎样的模样才让曾经那么热的方天桐冷了自己？她去鲜花店订了束玫瑰，给了店主那个女人的电话，让他打电话问好地址之后再送去。在卡片上，她的落款是三个字：亲爱的。

她曾经无比珍惜这个称呼，把它当作方天桐的专属，现在，这三个字给了沈蓓蓓另一种感觉。她以为知道真相的时候会哭会疼，没想到只是气愤，转而觉得这一路行程的不值。这些钱她可以买一件奢侈的衣服，或者给陆天昊换个手机，沈蓓蓓觉得其实自己也是个倍儿俗气的女人。

当晚，陆天昊打来电话的时候，沈蓓蓓的心里有些酸，同他说了很多话，那是他们很久以来第一次。隔着长长的电话线，从过往恋爱的糗事，到东家长李家短，说了一个小时。最后，沈蓓蓓说：“哎，我想你了。”她以为陆天昊又会说她：“矫情吧你就。”可是，他说：“我也是。”

4 情人该有的本分

回宾馆的时候，沈蓓蓓的前面走着情侣模样的两个人，手里拎着小酒精炉，在争论某一道菜里要不要放酱油。忽然便想起当年的她与陆天昊：陆天昊从同学那儿借了个小酒精炉，欢天喜地地拎到她宿舍，两人上街买酒精买菜买调料，折腾一下午搭半个晚上，双双尘满面，鬓如霜地跟一对卖炭翁似的吃了一次不那么地道的麻辣烫。那时候她最渴望的便是每天能做饭给他吃，天天做，做一辈子。

想着这些，沈蓓蓓的心里有些酸，她想，那些日子呢？谁把它们丢了？花店的伙计打来电话，告诉她那个女人的地址，沈蓓蓓去了，却只是装作找错了人，见了那女人一面。其实，她原本想约她去她楼下的某个咖啡馆，同这个女人讲讲她和方天桐的种种，她还想在这之后要去见见方天桐的妻子，她连地址都查到了，告诉他妻子，她的男人到底是怎样的模样。

现在，一切都不必了，她想不通自己该怎样见这两个女人，又如何解释她算是方天桐的谁。沈蓓蓓只有一个念头，最想的就是回家去，回她那个四季分明的城市，同陆天昊过吵架也吵得风生水起的日子。

深圳的车真多，马路上真吵，等到沈蓓蓓拿出手机看的时候，竟然有 14 个未接电话，她打开来看，全都是陆天昊的。拨回去，手机接通的那一刻，她听到陆天昊的声音都是抖的。确定她平安无事，陆天昊在电话那端发了脾气，她之前最讨厌的是他的暴躁，她总是能轻易惹怒他，而此刻，她一个人仓皇地走在深圳的街头，他的怒气却给了她无比的安慰，她说："老公，我爱你。"陆天昊竟然安静下来，隔了一会儿，他说："老婆，你什么时候回来？"他还是不那么习惯直接说我爱你。

她去退房的时候，向方天桐的单位大门望了一眼，修鞋的大爷还在原地，有两个男人在聊天。办完手续，她再次转身，才看到那个聊天的人中背对着她的是方天桐。之前，她每次见他都在宾馆的床上，三四个小时或者更短，洗澡，上床，做爱，一切都是匆匆的，她看到的都是他赤裸裸的样子。

隔了一条马路的距离，沈蓓蓓第一次在阳光下这么认真地看他，他很瘦，肩习惯性地向左歪，他的腿不怎么直，而且，他说话的时候，手在不停地比画，这是她最不喜欢的男人的动作。

眼前的方天桐，全部是陌生的。她曾经以为他们交融的身体会像两枝长着绿色根茎，有着柔软絮状花瓣的百合花，可以没有阳光，可以彼此是彼此的空气，一起盛开，一起枯萎；她曾经以为，有一天分手的时候，她会有泪落下来，现在，她的脸颊上却是干干的。高楼林立的水泥森林里，想离开一个人是那样容易。

飞机起飞的时候，沈蓓蓓想：一场游戏，中途有人退场，不是因为不能赢，定然是因为厌了这游戏，仅此而已。

第四夜　他的情欲，她的情

我的一生换你的一生，有什么不可以？……这世界，这情爱，莫不是一念天堂，一念地狱。

初秋的风带一点儿凉意，窗帘上的凤尾竹在风中舞得娇艳。闭目假寐的林枫晓剑眉中透着一股子英气，眼睫毛浓密，连嘴唇都透着性感。苏临欢趴在枕头上看他，一时竟觉得是自己做了一个香艳的梦。她从未曾想过，这个男人有一天会上了她的床。

苏临欢在偌大的公司里是不起眼的，27 岁的大龄女，短暂的婚姻因为丈夫的出轨而解体，上班、回家、偶尔去电影院和商场，暮色沉沉的生活。她一度以为会这样毫无波澜地走下去，直到有男人肯许以婚期。

却未曾想过遇到林枫晓，这个长得颇像裴勇俊的副总，年轻，帅气，有为，最主要的是从未有过绯闻。

那个黄昏，二十五楼的休息室，窗外有火烧云，她端一杯咖啡站在窗前看，思想跑得有些远。他来倒茶，打招呼，喊她两次都没有回应，于是轻轻拍她一下。她吓了一跳，咖啡泼了他一身。她想帮他擦，伸手却觉得不妥，百种尴尬。他盯着她笑，说:“你真美。”她道声谢，仓皇地逃出去，脸像窗外的云。

故事开始一章一章地写下去：下了雨，他刻意晚走载她一程；她工作的疏漏，他会不动声色地弥补;公司聚会，他会有意地为她挡酒。

苏临欢开始还有些理智，这个男人身上挂着“已售”的铭牌，每个人都知道他的妻子贤良美丽，他的家庭美满和谐，每想及此，她会恼恨自己的多情，一颗心生生收回去，揉皱了放起来。可是，林枫晓的好总能一点一点往她的生活里沁，仿佛故意把她那存放的情都勾出来，苏临欢慢慢就中了毒，一颗心痒到不能自已。

2

季末联欢，三分的酒醉，七分的情欲，这场情事，终归到了床上。火树银花的纠缠，像是调了一辈子的情那样迫不及待。

现在，这个男人就躺在苏临欢的身边，她看着他，忍不住把唇探过去，还未吻到，便被他迅速捉住，整个人又扑上来。她想嗔他“贪吃”，但是唇被占着，手被占着，身体的每个细胞都被他攥在手心里。她软成一汪水，一个字也说不出。

这之后的两天，林枫晓没有一丝消息。她知道他出差了，一颗心起起落落，到底也不确定这是不是一场俗套的男女性事。之前的种种难道只是为了这一场床第之欢？这个问题始终折磨着她。她开始恼恨自己的轻薄和他的无情。她想发信息，想打电话，拿起手机，拨到最后一个数字，却终是什么都没做。

第三天，有人敲门。打开门，是林枫晓，他带了行李进来。他搂着她，吻得毫无章法，似乎是隔了一个世纪那么长的想念。他不断重复着:“我想你。”苏临欢像一个被人送了糖罐的小姑娘，所有的委屈和纠结统统跑掉了。

苏临欢才知道，日子可以这样鲜活。她怀揣着巨大的秘密，像一个得了盛大礼物的孩子，会在人流如潮的街上不由自主地笑起来。每夜，还未入睡便盼着快快天明，总是早早地去公司，渴望见到他，即使，她在那儿只能有礼有节地对他微笑。

她越来越确定他是爱她的。他挤出一切可能的时间给她，去看零点的电影，去吃这个城市最贵的自助餐，教她识别新鲜的三文鱼；她说自己没喝过真正的朗姆酒，他开了两个小时的车带她去品一杯；他在周末提着新鲜的葡萄手把手地教她酿葡萄酒；甚至在床上，他给的也是她从未体会过的热烈和缠绵，她从来都没有这样润泽过。

苏临欢的衣橱慢慢热闹起来，越来越亮的色彩挤走了那些暗淡的颜色。她的床边有越来越多的书，他不在的时候，它们陪伴她。她越来越安静，内心却是渐渐充实，生活开始精致起来。

她不是不贪心，只是觉得，他给她的，连他的妻子都未必享受得到，这样好的爱，他哪儿会没有关于未来的打算。

3

所有的好不过一年，林枫晓开始躲着她，见她的次数也慢慢减少。

苏临欢开始以为他忙，表现得温柔体贴，端着矜持和自爱。后来，他开始不回她的信息，电话也不接，她彻底慌了。

寂寞被无限拉长。她已经习惯了他的存在，以前她不觉得等待难过，因为知道他会来，有结果的等待从来都是一种幸福，如今却是啃噬着等不来的苦涩。她像一个生活在井里的人，被林枫晓拉着到井沿上看一眼外面的繁华世界，又生生被推回去，盖上盖子。她在井底的平静安稳和自得其乐统统被他搅没了。

林枫晓也越来越挠头，他当初招惹她是因为她平凡得不起眼，因为她乖得好掌控。他不过35岁，平寂的生活让他的心有些痒，想找一个女人来释放他那一点点的小渴望。初欢后的两天，他音信全无，那是他在试探。她的安静给了他勇气，他以为成年男女，情欲不是复杂的事情。

他本来也没当真，他有贤良美貌的妻子、乖顺的女儿，他只是想要一段艳事。有关风月，无关情爱。却不曾想，她连命都想拿出来，倾了心地爱他。

没当真的游戏终究要结束，他演了一年。其实没厌倦，他享受她带来的感觉，只是他的工作面临升职机遇，而且，他的太太有点发觉，权衡轻重，她比不得他的前程重要。

他其实没敢走得太绝，她却是太敏感。

4

她去他的办公室，开始还是满含期待，过后便是一脸幽怨。他的语气冷淡又陌生，她望着眼前这个男人，竟是最熟悉的陌生人。日日编织的美景一下子被人收走，她仿佛被生吞活剥一般疼。

她先是打电话发信息，后来就开始频繁地去他的办公室；他调离了职位，她又开始追着他的车。他越不见她，越躲着她，她便越发失控。他想不到她有那么多的眼泪，见他的时候是哭，给他妻子打电话也是哭，在领导办公室还是哭……他不知道她用了多少心：她知道他女儿的学校，他家的电话，连他家的保姆她都知道姓甚名谁。她甚至找到了他的岳父家，站在楼下说："你半个小时不来见我，我就上楼。"他开着会，忙不迭地开车去。他不停地解释、掩饰，对妻子、对上司，生活被她搞得一团糟。

他一次次被逼着去见她，她已经成了他的梦魇。他终于求饶，拿了银行卡给她，她一脸不屑，更关心的是——"你有没有爱过我？"

他说："你放了我吧。"她笑得比哭难看："我的一生换你的一生，有什么不可以？"那一瞬间，他开着车，真想撞向路边。

报复是一把双刃剑，她比他也没好到哪儿去。那些愤恨和恼怒，时时咬着她的心。当初有多欣喜，此时就多绝望。

她觉得她不可能再爱了，再也不能上别人的床了，谁还能如他那样呢？她也想放手，可是，她也不过是个凡俗女子，他的避之不及对比往日那些美景良辰的鲜活，当初如何理智，到如今也是不甘心。

日子死去活来，朋友介绍她去相亲，她死活不去，朋友却比她更死缠，索性打扮一番，风生水起地去了。那人是个不错的男人，过后跟朋友说了一堆赞扬她的话，有气质、有品位、有学识的一个女子，末了还不确定地问："她这样好的女人能喜欢我吗？"

"这样好的女人"这几个字让她心里一震。

她扒拉着橱里的衣服和满满一书架的书，这一年，他带给她的改变有多少？她的世界不止打开了一个窗口，因为他的指引而精彩纷呈。她原本平凡卑微，如今，竟不知不觉间自信耀眼起来。只是他走了，她便给自己的心不停加码，一砖一砖地累积欲罢不能的愤恨，从一座围栏到一堵墙，隔离阳光。现在，有什么东西戳了一下，那堵立在那儿的墙竟是不堪一击，她没有那么恨他。

她约他见面。她说："真的是最后一次。"她说了很多最后一次，从来都是骗人的，除了这次。她说："谢谢你，给过我的。"

烦恼了半年，让他夜夜不能寐的麻烦忽然没有了。他愣在原地，听到她说："即使只是情欲，你也给了我最好的。"

他看着她的身影走远，打了一个电话："你回去吧，不需要了。"他本来是想做些什么的。他要实施的计划，一场车祸，或者一个意外，让她的离去换来他平静的生活。如今，风转了个方向。

5

又快到初秋了，街上已有零落的叶子飞舞起来。有什么东西飞进他的眼里，打在他的心上，起起伏伏。

这世界，这情爱，莫不是一念天堂，一念地狱。

第五夜　偷欢

那些偷来的欢愉多孱弱，一不小心，就像秋风中的花儿，说败就败了。

1

苏东北和杜小欢才上床的时候其实没当真：他有妻，她有夫，不过是一次出差的机会，不过是一夜狂热，聊得欢畅——苏东北把这当作是一次恰当的机会而已。只是，他没想到杜小欢的身子会这么好，惹得他把自己烧成了一团火，血液在身体里噼噼啪啪地燃烧，让他觉得良宵苦短。这是真的，杜小欢的身体像云一样软，像花儿一样香，像水一样荡漾。

苏东北从杜小欢的身体上下来时，还在想，她和他的罗曼是多么不一样的女人啊：罗曼跟了他五年，性像是她施舍给他的东西，他要，她就给，不拒绝，不主动，甚至没有多少的声响，常让苏东北觉得是一个人的狂欢。杜小欢却不同，她的反应那么热烈，她的胳膊和嘴唇都不老实，那白玉似的臂膀紧得不能再紧地箍住他，红唇落下的地方在苏东北的身上燃起的全是一束束的花儿。

回了城之后，杜小欢却仿佛不记得那个夜晚了，几次见了面对他的笑都是客气的，像是隔了几百米的距离，落在苏东北身上时，已经轻飘得没有温度。苏东北却受不了这样一下子的疏离，杜小欢的手机总是随意扔着，办公桌前总有人来人往，他怕短信无意被人看了去；公司里的网络又坏了，苏东北上不了QQ，其实他很想问问杜小欢那晚上是不是真的好。

开会的时候，杜小欢讲她的策划方案，他听到的却是她潮音般的呢喃。隔着一张会议桌的距离，他却感到她的红唇在他的身体上肆虐地飞舞，身体顿时便有了变化，找了个借口尴尬地退出会议室。转身关门的时候又碰到杜小欢的眼神，一勾一勾的，勾得苏东北慌了神。

2

回到家的时候罗曼已经下了班，落了妆的脸，乱乱的鬈发，系着一条某个洗衣粉厂家附赠的深蓝色围裙在厨房里忙活着做水煮鱼。见到苏东北回来了，嚷嚷着支使着他下楼去买味精。苏东北下电梯的时候，正好碰到杜小欢，白色的小上衣，翠绿色长裙子，淡淡的颜色，她愣是穿出春天般的风情——正在她男人的怀里撒着娇。30岁的女人，充起小女生却一点儿也不做作。杜小欢冲他一笑，苏东北又丢了魂似的慌了一阵。

吃饭的时候，他的脑子里绕的还是杜小欢，这女人像这味精一样，没她，生活里便少了最好的味道。晚上和罗曼做爱的时候，再看到罗曼安静地躺在床上仿佛逆来顺受的样子时，苏东北忽然没了兴趣，不到三分钟，假装着飞了起来草草地收了兵。32岁的苏东北失了眠，只不过是一夜情，他却觉得自己像少年般着了魔，中了毒。

公司网络通了，杜小欢的QQ头像亮起来的时候，苏东北的心便跟着升起来了，他小心地打上去，问她："还好吗？"那边半晌回了个"还行"。苏东北想说："我想你了。"打上去又删了，来来回回折腾了好几分钟，QQ上的输入状态就老有一支笔写来写去，屏幕上却是大段的空白，杜小欢问他："是不是想我了？"苏东北看到这句话的时候，觉得办公室外的云一下子亮起来。他噼里啪啦地敲了几个字："很想，想得夜里老支帐篷。"那边回了俩字："流氓。"是流氓，这是苏东北自小到大对罗曼之外的女人说过的最色情的话，满办公室的人，苏东北却兀自咧着嘴笑起来，仿佛看到了楼下杜小欢说这话的表情。

到午餐的时间，两人还在QQ上聊得火热，有同事招呼去吃饭的时候，杜小欢嘱咐他，别忘了删除聊天记录。这话，让他的心里不那么舒服了一下，有做贼似的感觉，杜小欢在那端笑着说："本来就是贼，我们专偷欢。"

3

偷欢成了让苏东北既纠结又迷恋的词。

特别是同杜小欢又上过几次床之后，苏东北更加着了魔。他说："怎么会那样好呢。"杜小欢喜欢像个女皇一样在他身上飞舞，她的细腰总是摇摆得风情无限，她的身体像是为他做的，柔软成什么样子都舒适无比，让他上了天又入了地；不像罗曼，只接受一种姿势，平静如水，越比越没味道。杜小欢就笑，说："人都是贱，喜欢偷来的东西。""你喜欢吗？"苏东北吻着她的唇问她，杜小欢捏捏他的鼻子，转身去穿内衣，说："我也是人啊。"

两个人再缠绵时，苏东北说："我想离婚，想娶你。"杜小欢前一刻还紧咬着唇，百般的迷离和娇喘，在他说这话时，一下子清醒了。她说："别闹，这样子就不好玩了。"这次走的时候，杜小欢没有和苏东北吻别，苏东北待在宾馆房间里吸烟，一直吸到收到罗曼的短信，问他是不是回去吃饭，他看看表已经晚九点钟。

罗曼做了一桌子菜，全凉了，却没有丝毫的抱怨，起身去热，苏东北烦躁地说不用热了，吃过了。躲到书房去睡，他发现自己对罗曼没有一点热情了，连同她的好脾气他也看成是无趣。再在电梯里看到杜小欢的男人时，便有些不舒服，特别是男人的小肚腩，怎么能配上活色生香的杜小欢。

他越发迷恋的时候，杜小欢却开始躲着他。QQ 上也不见人，他说话，她也不回。他在网上找了半天找到一种可以查看好友是否隐身的软件，装上去，杜小欢果然在线，蓝色的头像，让苏东北的心一下子凉了，后来便打内线给她，杜小欢的声音里带着客气："对不起，苏经理，我正忙着，没在线上，资料晚些再传好吗？"

她传递着她的不方便。苏东北不能不说好，32 岁的男人再孟浪也还是知道分寸的。苏东北有些懊恼下载这样的软件，惹得自己心里失落落的。他想，到底是不该为着这些欢愉想到与爱情息息相关的天荒地老。杜小欢早就说过，偷欢。是自己先打破了他和她之间的默契。做爱，是有了爱才能做，而她和他，到底也只能是偷来身体的欢愉而已。

苏东北的心刚往回收的时候，杜小欢离婚了。

4

其实很简单，她出差早回家，她的有着小肚腩的丈夫和一个女人在她悉心收拾的床上翻云覆雨，这个被宠坏了优秀到不肯低头的女人哪儿受得了这些，只三日便坚持着离了。她在 QQ 上给苏东北说的时候，苏东北的心里顿时一惊，想着罗曼，想到离婚，忽然便不舍了，不敢细想了，怕鄙视了自己。

这之后的约会改在了杜小欢的家里，他总觉得再不似以前那样好，做爱的时候也有些心不在焉，有一次还走了神，想着如果恰巧杜小欢的男人还有钥匙，此时进来了会是什么情景。杜小欢也察觉了，笑得不再那么风情，半开着玩笑说："到底失了以前的味道，婚外情，有婚姻才有外面的情，是吧？"苏东北笑笑，没回答她，其实是没法说是，杜小欢离了婚之后，他总觉得时时会危及他的婚姻，这让他反而恋及自己婚姻的好。

苏东北的QQ越来越多地隐着身。杜小欢有几次在QQ上问候他，他想了半天，最终没回答，QQ便安静起来。再后来，杜小欢留了言，她说："都是成年人，你不欢喜的事情我不痴缠你。"到底是有过身体之交的人，苏东北想起她在床上的好，心里头又有些不舍。

让苏东北狠下心来的是情人节那天，他破天荒地在家下了厨，同罗曼过了个久违的情人节，这晚的罗曼竟然也变得大胆起来，给了苏东北没给过的好，甚至一度让他飞了起来。凌晨一点，杜小欢在酒吧醉了酒给苏东北打电话，罗曼也被铃声吵醒了，苏东北支吾着找借口说朋友有急事。罗曼安静地送他出门，走到楼下了，罗曼又追出来给他披了件外套，踮起脚来吻了他一下。苏东北忽然就想到那年，她就是用这样一个动作俘获了他的心，一个恍惚，说不去了。苏东北的手机却一直响，响到他关了机。

第二日，在QQ上见到杜小欢的头像亮起来，给了他一个问号，他隐了身沉默着，不知道该给一个怎样的解释。杜小欢的头像始终亮着，却再没有说一句话。

自此后，他和她成了陌路，有次在电梯里遇见了，他给了她一个很复杂的笑容，她却装作没看见，转了身和同事说话。曾经那样如水般缠绵的两个人，成了陌路。

5

两个月后，他听同事说，杜小欢复婚了。他想了半天，在QQ上问她是不是，那边的头像暗了去。他看到她还在，只是隐了身，他看到她的签名上写：偷来的总不是自己的。

苏东北成了一个好丈夫，比以前细腻得多，下了班就回家，在厨房里陪着罗曼，听她唠唠叨叨，夜里把罗曼搂在怀里，无比踏实，看着阳台上一盆盆的花儿，他甚至想着应该要一个孩子了。白日里送罗曼上班后，他想着，用了心烟火的日子过得也会有别样的暖。有次罗曼问他为什么变了，他笑笑，没告诉她。情人节的那夜，他摸到了她脸上的泪，他才知道，他的背叛，她全都看在眉眼里，却给了他这样多的宽容，这到底是世上最爱他的女人。而他，把淡然的日子当成了无趣，做了一次偷欢的人。

某一日的清晨，他发现在 QQ 里已经找不到杜小欢了。不知道什么时候她把他拉进了黑名单，他删了那个显隐身的软件，顺带着把往事也按了删除键。

你看，那些偷来的欢愉多孱弱，一不小心，就像秋风中的花儿，说败就败了。

第六夜　给爱情一个机会

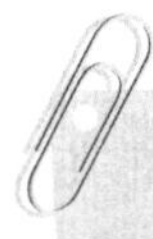

你永不知道上帝手里的下一张牌是什么。

1

林若兰怎么也没有想到会在这么狼狈的时候遇到付启洋。

六月的济南，前一刻还是艳阳高照，此时便是大雨滂沱，果真比情景剧换得还快。最近的避雨的地方也有二百米，林若兰在大马路上穿着高跟鞋一瘸一拐地往前奔，衣服湿湿地贴在身上，落汤鸡一样。付启洋偏巧是在此时出现的，他开一台黑色的凌志车，经过她的身旁，滑下车窗。林若兰抹一脸雨水便看到了他，看看这车，看看他的人，天雾蒙蒙的，一时竟觉得看错了。

没有错，是她的前男友，两年前分手的付启洋。上得车来，满身湿透的林若兰，瞬间便把车里搅起了湿气，车座上迅速沾了水渍，裙摆的水更是滴滴答答落个不停。狭小的空间里林若兰坐立不得。一时便是满心的后悔上他的车，若非如此，即使大雨浇着也不过是身体受些苦，不像现在，一颗心尴尬，整个人难堪。

2

付启洋在最近的商场停了车，车没有熄火，人就冲了下去，临下去时，他说:“你等我一会儿。”林若兰便在这一会儿里天马行空起来。

两年前分手的时候，付启洋还是个小蓝领，每天挤公交车上下班，外出吃一顿饭要思量半天，买房的场景大多在梦里出现，才不过几百日，他竟然是这般光景。

林若兰还没揣测出大概的故事，付启洋便回来了，递过来一件连衣裙，合身的尺码，是林若兰想也不敢想的牌子。她推脱着不肯要，他说:“我买了就是给你的，你不要也只有扔掉了。”他上来发动车子，又说:“你的身材一点儿都没变。”车厢里是大段的沉默。

天下了大雨，到处堵车，林若兰的思绪野马一般飞奔。那年，她被无德的老板非礼，几经挣扎才逃离那只咸猪手，一路哭着回家，下了公交车，付启洋却没有像往常那样等在站牌那儿，打手机还是关着的。她一个人揪着心穿过漆黑的巷子，中途有喝醉的酒鬼在肆无忌惮地小解，委屈的情绪随着她的奔跑一股脑儿往头上涌。回到家，付启洋在蒙头大睡，炉子是灭的，桌上有两盘剩菜，一地烟蒂，那个男人还在醉着，怎么叫都不醒。付启洋那段时间是颓废的，因为专业不对口，工作不好找，他在几家公司面试无望之后，更愿意同些乱七八糟的朋友喝酒，每每是这个状态。

也就是那天晚上，林若兰的生理期提前了，缩在冰冷的屋子里，她疼得失眠了一整夜。毕业三年了，没有一点儿改变，住着每月一百八十元的房子，挣着刚够温饱的工资，拮据，晦涩。想到天亮之后，还要撑着不适的身体去那家公司，同老板越来越放肆的咸猪手斡旋，林若兰便觉得未来的日子死一般无望。她摇醒付启洋，说肚子疼，那个男人的手敷衍地一摸，转身又去睡了，她使了全身的力气喊:“分手。”

她走得决绝，收拾好了东西搬到了同事那儿。付启洋去公司找她，她避而不见，他跟着她同事回家，恨不得跪在门口求她她也不肯回头，他说：“我会努力的。”她说：“我等不了了，想想那些穷日子，一天、一小时、一分钟也不想再过。”他说：“你真是这么物质的女人？”林若兰一时委屈，嘴里却喊着：“是，我就是这样的人，可惜你到今天才知道！”泪是立时涌出来的，她不是那种拜金的女孩子，不然，哪儿会跟着付启洋过三年的苦日子，她只是觉得他让她看不到未来，这最重要，可是，再辩解最终还是落在他们现实的贫穷上。

她在他眼里心里转瞬就成了一个俗女人，这是百口莫辩的事实。

这是他们对话的最后一句，他最终走了。这世界就是这样简单，你若不想见一个人，远或者近，都不会有瓜葛。

3

这中间林若兰谈了一次恋爱，是个本地的男子，有房子，工作也稳定，相互有好感，牵手约会，一切都很正常，可到谈婚论嫁的时候她总觉得少了些什么。纠结几次，人就有些冷淡下来，对方竟是也没有死缠烂打之意，一直这样不冷不淡地联系着。直到有一天，她在大观园的过街天桥，看到他和他身边的女孩子，一笑而过。

那几天，她常常梦到付启洋，还是白衣蓝裙的时候，在一起笑得开心甜蜜，醒来之后自己哭过一场。他们是那么相爱过，她也知道，那种爱，一辈子不会再有。她是后悔的，后悔在生活面前，她放弃得太轻易了。如果是两年后的今天，她不会就那样离开，她会再坚定一下，再鼓励他陪伴他，再给他机会。

林若兰很想说说这些前尘旧事的结，就是这么一段往事，就是这些心里的话，付启洋却是不让她开口。他说着别的故事，比如说，生活很好笑，林若兰离开后，他努力了一阵子却总也没有好的收获，于是颓废起来，甚至想过去寻死。最是绝望的时候，一个男人找到他，是他的生父，到了生命晚期，费了很多心思找到他，交给他一家公司和足够多的钱。

他莫名其妙成了有钱人，而有钱人再去挣钱总是容易很多，这是个大家都知道的规律。我们不知道的是，你永不知道上帝手里的下一张牌是什么。

车开到了林若兰的出租屋，雨越下越大，泼墨似的，像是给了付启洋不离开的理由。他拉起她的手下车，笃定又自然，像爱了很久的爱人那样，像从未分开过那样。林若兰看着他，似乎想看出些情感来，真诚或者戏谑——但是，夜色太黑暗，她只看到他一脸平静。

那晚，他们重温了旧时光，她做了三个菜，他也下厨做了一个汤。房子里还有一瓶红酒，是林若兰过生日时买给自己的，当时没有心情喝，今晚也打开了。他们都有些醉，醉里相看的眼是蒙眬的：那些经年的岁月，就像一个暗流汹涌的旋涡，打着圈泛滥开来，他叫着她的名字，她应着，软软的，喃喃的，仿佛能把旧时光叫回来……一整晚，火烧似的热。

4

付启洋和林若兰恢复了恋爱关系。一星期后，他给了她一把钥匙，他说："搬到我那儿去吧。"她矜持了一下，拒绝了。他又说："我从你这儿到公司，比从我那儿要早走十分钟，这样就少和你待十分钟。"林若兰的矜持就放下了，收拾了东西。他说："不要那么多东西，我都给你准备好了。"是的，什么都有，从牙膏、拖鞋，到睡衣、外套，她来回转着，眼泪就一点点袭上来。

她搂住他的脖子，想说些话，最想把那段往事聊一聊，他却吻着她，催她换衣服出去吃饭，他在最好的酒店订了餐。

那些美好的日子又回来了，隔了两年，变得更加华美。付启洋比以前成熟了，一举一动之间都充满了魅力。这真是一段快乐的日子，他带她去听歌剧，吃日式餐，品红酒，去滑雪，那些他幻想过许诺过却从未有机会实现的事情，他带她一一去做了。他说："你记得吗？我说过的。"她点着头，即使她未曾刻意记得他说过的那些。

林若兰总觉有些不踏实，因为太美好，日子便是轻飘飘的不真实，像柳絮，被风吹下来，空中飞舞着，找不到归处。她有时候会失眠，睡熟的时候也会做梦，那间一百八十块钱永远也没有太阳照进来的房子竟是让她无比想念。她会说给他听，他总会打断她，他说："都过去了。"再不肯提及半句，每每此时，她心里是有些想法的，缠着苔藓样的阴暗，如果她那年再坚持一下就会等来付启洋的转运，那样她今日享受他的繁花盛果就是顺理成章了。这样想着，沮丧的情绪就一层层涌上来。

5

半年后，有个自称付启洋女友的女孩子打电话给林若兰。接过这个电话，林若兰开始收拾屋子，每一个角落都擦拭得干干净净，连浴室里的落在地上的头发，都被她一根根拾起来。街边的灯照进屋子时，她为他锁上了房门。

见面的地点约在星巴克。

林若兰点了一杯 Espresso，用很小的杯子盛，很苦很苦，但很香很香。眼前的姑娘很时尚，举手投足都透着优雅，她说她不过是在外地学习半年，付启洋就做了这件事。她说："他本来想报复你的，先对你好到无可挑剔，然后抽身就走，让你狠狠摔一跤。只是他演戏演得太投入了，忘了真实目的。"

一颗心反而着了陆，林若兰随即笑了。他不过是个寻常男子，分手时她那样决绝，他又怎么可能真的忘记了？他那么刻意地回避过往的事情，便说明他一直记得。他的女友说："我是再不会要他的，约你出来就是告诉你真相，你也离开他。"她还在说着什么，她说他开的车子是公司租的，他继承的那些遗产在买完了房子之后就所剩无几了，他的公司运转最近也出了问题，总是东挪西借的，总之，他不是她想象的那么新贵一族。

女人还在说着什么，林若兰抓起包来就往外跑。她在出租车上给付启洋打电话，跟往常一样，问他想吃什么。回去的路上，她路过银行，把自己的积蓄全部取了出来。她想，晚上要交给他，帮他渡过公司的难关，哪怕是杯水车薪的一点力。她想，她还要努力工作了，明天就要去找老总，再多要一点工作，多挣些钱。

她不知道，此时的付启洋就在她身后不远不近地跟着。他开始是想过报复的，不遗余力地对她好，好到他走掉她就活不下去的好。可是，演着演着，他才发现，他还是爱她的。他想起分手那天她的眼泪，那个时候，他能给她的，只有苍白而浅薄的爱，而这爱，那么不堪一击。

她一路在想，那时候他们遇见得太早了，早到没能力去正确地爱彼此。很不幸地又生活在这样一个任性的时代里，轻易一转身便是一辈子，错过互相迁就、互相鼓励、重新证明爱情的机会，而那些才是最美好的。她想，如果他还是解不开那个心结，她愿意用一辈子去帮他解。

天又开始下雨。他想，有些东西该适时地放下了。好在，一切都来得及。

第七夜　就这样辜负了好时光

萝莉拉了他去看《白蛇传》，断桥上，许仙说："早知道娘子是妖。娘子待我这样的好，而世间哪里有这样无所求的爱情。"

1

祖天磊想不出他和严小青是怎么走在一起的。不过是一场年度聚会，不过是回去的时候她搭了他的顺风车。可是，下车的时候，天下了雨，且是突如其来的，很大。雨把严小青的头发都淋湿了，裙子的一侧也贴在腿上，这让平日清冷的她忽然有了格外的性感。

祖天磊递他的外套给她，坏笑着说："你穿了我的衣裳，就是我的人了。"这是前一夜，妻子萝莉缠着他去看的《半生缘》里的台词。他那晚特别忙，大半的时间都在接电话，惹得萝莉和周围的观众都有了意见，只是这男主角的一句话，他却没有错过，且拿来活学活用了。也是这句话，让已转身的严小青扭头深深地看他一眼，然后停下来说："我愿意。"

换了祖天磊不知所措了，他知道她喝了一点酒，但是他确定那一两杯红酒让她连微醉都不至于。街边的路灯忽然闪了几下，她歪过头来吻了他，这亲吻里带着雨的芳香和唇齿之间的甜美，祖天磊一下子便醉了。他仿佛中了蛊，跟着她走过小区的小路，上楼，进了卧室。这期间，他一直捏着她的手，她的手那样软，软到他握到的时候，心碎成一汪水。他想赞美她一下，却除了柔若无骨，再想不出任何形容词，他的身体已经让他的思想做不了主了。严小青像个女巫，让他跟着她，心甘情愿地被吸了魂魄。

火树银花的一夜，时钟指向两点的时候，他们才睡，即使睡了也是纠缠着：他的腿夹着她的，她的头窝在他的怀里，身体紧得不能再紧地贴着他，他不用低头便可以闻到她头发上的香气，连梦都是香的。

清晨起床的时候，他的衣服都在枕边整齐地放着，而严小青留了字条：先去上班了。没有称呼，没有落款。

也只能如此，即使有了一夜的缠绵，他又是她的谁呢？

2

桌子上有早餐，煎蛋，火腿，面包，还有一杯奶。他不知道自己在一个陌生的房子里可以睡得这样踏实，她定然是早早起床了，他却没听到她一丁点儿的声音。祖天磊在餐桌旁愣了很久，曾几何时，萝莉也是这样子照顾他的，一个早餐也是尽心尽力地丰盛。想到这儿的祖天磊，心下一紧，忙拿出手机看，他的手机是关着的，关了一整夜。

他说他醉了酒，睡在公司里。萝莉淡淡地哦了一声，她说："我留了字条给你，昨晚加了一整夜的班。"几句话，便各自忙了。他们从恋爱到结婚已经六年了，这漫长的时间，使他们过成了一个人。他们商量去哪儿吃饭的时候会不约而同地说同一个酒店的名字，去了点一样的菜，服务生问喝什么样的酒，他们也是同时回答，连表情都是一样的。他曾经以为，爱到最爱，便是我的脸上叠着你的表情，可是，这样的淡总是让人有些寡味。

很久没有这样大的太阳了，祖天磊躺在严小青的床上，眯着眼便能看到外面亮堂堂的阳光。他一直以为这个女人有着这个年龄所没有的犀利与清冷。不是没有男人觊觎她，她薪水不低，人又漂亮，却从未听说她接受过哪一个男人的示爱，可是，她却给了他。昨夜的过度劳累让祖天磊的思想也迟钝了，他想了很久，除了她喜欢他，没能给自己一个理由。

严小青打了电话来，问他为什么还不上班。他懒懒地说："我的力气都耗尽了，等着你来拯救我呢。"严小青低低地嗔了一声坏蛋，便挂了电话。他想着昨夜的她，身体又热了起来。

临走的时候，他把她床上的两只枕头摞在一起，他想，不知道严小青看到后，会觉得是色情还是温暖？

下午上班，祖天磊见到了严小青。她坐在办公桌前，穿了蓝色的小西服，这板板的衣服在他的眼里也有了别样的风情。他冲她笑一下，她回一个笑容，这一个下午的时光便不一样了。

3

萝莉最近一直在忙，公司换了新的老总，对她赏识有加，于是，她的工作战斗力空前旺盛。她总是激励自己也告诉祖天磊，她说："努力半年，等我做到公司行政副总，我就安心地回家给你生个宝宝。"

祖天磊不知道行政副总和他的宝宝有什么关系，但是，他知道厨房里很久没有烟火气息了，他的早餐大多是在楼下的金德利解决，他开始自己动手洗衬衣和袜子，间或还收拾一下屋子。这曾经让他很不适应，但是有了严小青，就没什么了。

等到他发现严小青的房子里到处都有了他的痕迹的时候，他们已经把这样的关系安安全全地保持了半年。她家的衣橱里有他的衬衣，门厅有他的拖鞋，浴室里还有他的牙刷和洗发露，他喜欢抽的烟，茶几上床头上总是摆着，让他随手可取。他的心也像这些物什一样，慢慢地被严小青侵了进来，有一次，他躺在客厅的沙发上，看到她给他调洗澡水的时候，用手试了几次温度，才过来喊他去洗。祖天磊先是被这个温情的小动作感动得一塌糊涂，他想该是怎样的爱才会以这样的心思去疼惜一个人，这样想着的时候，却又忽然怕了。

那之后，他疏远了严小青，他想了很多的借口，来应付她的纠缠。她却不来缠他，见了面微微一笑，即使在只有他和她两个人的电梯里，她也未曾说一句埋怨的话。她的淡让祖天磊怀疑有过的那些欢喜是否都是南柯一梦。

最终是他自己忍不住了，他在某一个黄昏把车习惯性地拐向她家。严小青在路边走着，肩不再是那样挺拔，背影无比落寞，他忽然间便懂了她的伪装。毕竟是那样欢愉过的两个人，她又怎能是不想他的，这样想着，他又有些恨自己的残忍。他把车悄悄地靠近她，她转身看到了，在街边站住。黄昏的人群都是匆忙的，没有人注意到他和她。

有几分钟的时间，祖天磊在揣测着，他把车停下来不是已经是再明白不过的意思了吗。那么，严小青的僵持便是拒绝的姿态了吗？祖天磊心里盘旋着，他说："我正巧经过……"严小青踏上车来，她说："我知道你想我了。"

4

祖天磊有些恨自己。那天下午，他们的分别不是那么愉快，临走的时候，严小青说："就这样走了啊？"祖天磊没明白，搂住她给了一个吻，可是，他的唇像落在一块冰上，严小青说："你爱我吗？"他们交往有十个月了，她从未曾问过他，她对他也未曾说过爱，她只说过，我喜欢你。可是，现在她拿了这个问题来问他。

他连声地说爱，眼前的女人让他欲罢不能，又刚刚接吻缠绵，身体的纠结活色生香，空气中的迷离还没有散尽，又怎能不爱。严小青便笑了，她说："张小娴都说，钞票给人安全感，一个男人若是真的爱她，怎么舍得让她心乱如麻地坐在那儿数花瓣，他会让她数钞票。"他从钱包里随便地抓出几张粉色的钱币来给她，然后逃也似的跑出这房子。

他先是鄙夷严小青，过后便是鄙夷自己了。近一年的时间，她给他的都是尽了力的好。他曾经那么心疼她的隐忍和求全，也习惯了她一直以安静的姿态待在他的婚姻之外：她从不曾要求他一起上街，一起看电影逛公园，他忙的时候可以不回她的信息，不接她的电话，她生日的时候只向他要了一把梳子，她说："是把梳子就好。"他曾经把它理解为这是上天赐予他的难寻的爱情，可是，现在，他的爱情向他要钱了。

鄙夷过严小青又鄙夷过自己的祖天磊还是未能控制自己来她的房子里，即使严小青把每一项服务都给他换算成钱，他也肯。他说："只要你高兴，怎么都好。"严小青不说话，把钱一张张放进桌子上的小盒里。最初的几次，下楼的时候，他总会想到那个小盒，心里便有些紧。

久了，祖天磊又觉得，这样也好，能用金钱来衡量的东西，情意上便不会是那么沉。

5

祖天磊发了烧，吐过之后的肠胃搅得他生疼，他给萝莉打电话，说想吃一碗热面。萝莉说："乖，我下班带回去给你。"他很久没有这样病过了，浑身着了火一样疼，像是要死了。他的手指不听使唤地打严小青的电话，即使他知道她和客户在签一笔重要的合同，他说："我生病了。"

她来了，给他带了面来。坐在床边一点点地喂他。然后，有钥匙开门的声音，萝莉回来了。她那时已站在床边，不动声色地请他付十五元饭钱给她。萝莉递给了她，很客气地说谢谢，并把她送出家门，他听到她们客气着，说着再见与不送的话，心里有些惶然。

6

萝莉说想要个孩子的时候，祖天磊的心还纠缠着严小青到底爱不爱他，所以一时没有回答。萝莉把身体偎过来，两下里沉默着。

萝莉一下子不是那么忙了，有了那么多的时间陪着他，一天里几次电话给他，每夜拼了命地要他，让他疲惫不堪。他有时候也会去严小青那儿，短短的时间，即使抱抱她便走也觉得心安，她越来越瘦，表情也越发地淡。他来，她便欢喜；他走，她也不留。

祖天磊至今记得严小青给他的最后一个夜晚，他告诉她萝莉怀孕了。她笑着说恭喜恭喜，眼睛里却有一层层的泪袭上来，弄得他的心也被洇湿了。第二日的清晨，她便辞了职，走得干净利落，那把梳子和他给过她的钱都放在他办公桌的抽屉里。秘书走进来，赞叹这梳子漂亮，她说："一定是送给夫人的吧，你们真浪漫。送梳子便是纠缠到老，白首不分离的意思啊。"

他拿着它便呆住了，她生日的时候，他说要送礼物给她，她在谭木匠选了它，黑漆，粉色的并蒂莲。她要他给她梳头发，店里的人很多，他有些不好意思，她却执意要，她说："梳三下就好。"他拗不过她，她说："一梳梳到底，二梳白发齐眉，三梳子孙满堂。"

此时的祖天磊心里百转千回，呛了一下，便有泪涌出来。

7

萝莉拉了他去看《白蛇传》，断桥上，许仙说："早知道娘子是妖。娘子待我这样的好，而世间哪里有这样无所求的爱情。"是这话，让他忽然便明白了，这世间的爱情总是有所求的，她求他什么呢，无非是点滴的好和不可期待的天长地久，他又给了她什么呢？

祖天磊的心里仿佛被风刮了一个大洞，轰隆隆地响，这个城市原来是这样的大，他站在宽大的马路上，迷了路。

他就是这般辜负了一个女人的爱情和一份好时光。

第八夜　爱是寂寞撒的谎

如果没有爱情，两个身体的慰藉也无法驱散寂寞。

1

梅莹遇见苏子末是在他们小城的一个论坛上。2 月 14 日，论坛上格外冷清，夜里三点钟，只有他们两个人的头像相偎着亮在那里，浪漫的节日里，彰显着两个人的寂寞。

于是，开始聊天，然后发现两个人的经历超级相似：苏子末新婚的妻子去了加拿大，估计要一年才能回来；而梅莹相恋了七年的男友林寒三个月之前去了澳大利亚，要四年才能归，原来都是留守人士。这样说着，心便少了许多的设防，苏子末向梅莹索要电话号码，梅莹没有丝毫犹豫地给了。

后来苏子末却从未打过电话给梅莹，两个人常常在网上遇到，偶尔地聊天，有时候梅莹因为思念心情不好，便会狂发一通牢骚。苏子末在网络那端静静地听着，偶尔插进来一个微笑，温暖一下梅莹的心。他会宽慰梅莹，或者也是对自己说，再忍忍，回来就好了。

苏子末电话打进来的那天晚上，梅莹刚刚哭过。其实不算大的事情，只是为了林寒打电话的频率，她责怪他越来越懒，才出去的时候是很勤的，一周打一次，后来慢慢地变成两周一次。梅莹知道都不是出身大富之家，但是多出来的这七天，每每让她等得心焦。她只是随口一说，林寒却发了脾气，说她根本不理解他，梅莹也是满腹的委屈。你来我往，那么昂贵的电话费两个人都用来吵架了。后来，她竟然听到听筒那端林寒的屋子里有高跟鞋的声响，随口质问他，林寒以一句神经病挂了电话。

挂掉电话，梅莹不可遏止地开始哭，心里空落落的，难受得要命，"风筝线长了，早晚都会断的。"这话是奶奶在林寒走的时候说过的。现在想起来，她觉得惶恐得要命。这个时候，苏子末的电话到了，他说："你方便出来吗？告诉我地址，我去接你。"

半个小时之后，梅莹看到楼下有个男子，身材颀长，凌乱的头发却让人感觉干净温润。天有些阴沉，飘了小雨，两个人都没有说话，但是看得出来都不快乐。结果，那天晚上他们去了一个酒吧，谁都没多说，两个人不停地喝酒。似乎，苏子末约梅莹出来就是为了找个酒伴。一箱科罗娜喝下去，两个人都喝高了，醉眼迷离。苏子末说："我们不如做个伴吧，都暖和。"梅莹便笑，先是无声地扬起唇，后来指着苏子末，毫不淑女地笑起来。

不知道后来是怎么到了车里，梅莹醒来的时候，头痛欲裂，看到缩在驾驶座上的苏子末睡得正香，自己身上盖着他的外套，毫发无损。她看着苏子末的背影想起林寒，心又开始疼起来，林寒说过："你等我四年，我们就在一起一辈子，是结结实实的一辈子。"可是，四年，怎么就这样长呢？她掰着手指头细数，才三个月零九天，她就已经被思念纠缠得脆弱不堪。

2

再一次在论坛上看到苏子末，梅莹问起那天苏子末为什么约她。沉默了好久，他说："觉得寂寞，出奇寂寞。"梅莹便沉默了，她何尝不是呢。很多浓重的夜里，她整夜无法入睡，开着窗户，让清冷的风吹进来，闭着灯，狠命地吸烟，看着烟头一闪一闪地亮起来。可是，又能怎样呢，一个人的身体，注定是孤单的。

梅莹生日那天，特意夜里没有出去，躺在床上呆呆地盯着墙上的表等待林寒的电话，十一点，十二点，一直到了一点钟都没有来，倒是苏子末发了短信来，手机屏幕上只有“生日快乐”四个字，梅莹看看时间正好十二点，泪就流了。她的生日是无意间告诉苏子末的，他却认真地记下了。27 岁的生日，他给了她唯一的祝福。

她给苏子末发短信，问他：“睡了吗？”许久，手机一直悄无声息，梅莹拿起来看了几次，确定没有任何的信息，四十分钟后，苏子末发来短信：“我在楼下。”梅莹从阳台上看下去，苏子末果真在，仰着头，招手让她下楼。

两个人还是去了上次的酒吧，下车的时候，苏子末神秘兮兮地从后备箱里变出来一个蛋糕，还有一大把百合。他说：“27 岁的老姑娘，生日快乐！”梅莹看着他，很没出息地哭了。酒喝得不多，偌大的包房空荡荡的，两个人都觉得有些冷，拿着麦克风，轮流唱着悲伤的情歌，哭一阵笑一阵。后来就借着酒精的掩饰，纷纷倒在包厢的沙发上，苏子末的吻盖下来的时候，梅莹想：让该死的林寒和爱情都滚得远远的吧。

出来酒吧的时候已是黎明，两个人的眸子里，明目张胆地闪亮着欲望，梅莹甚至感到了自己的干渴。

回到梅莹家的时候，卧室的床上已经有了初晨的阳光，他们就在亮堂堂的阳光下做爱，纠缠着寂寞的身体，屋子里有荷尔蒙的声响爆炸开来。

林寒的电话已经变成了一个月一次，梅莹没了埋怨，每个月不像先前那样揪心地期待，甚至她再回头想的时候都没有记得林寒说了些什么，她想：时间真是个好东西，连思念都会被磨平。倒是苏子末在她的身边越待越久，他们做着夫妻才做的事情，她的背包里有他精心准备的早餐，电脑的显示器上也被加了防护屏，窗台上甚至有了一盆怒放的朱砂玫瑰。他系了围裙去厨房给她做菜，西芹百合，山药排骨汤，都是她喜欢的，他们会在夜晚或者初晨润泽彼此的身体，依偎着从春天走到冬天。

很多时候，梅莹常常会幻想，如果是林寒该有多好。爱情就是这样的事情，谁遇到谁，晚了或者早了都是一个人的事情。有几次林寒和苏子末的另一位打电话来的时候，他们正在缠绵着，另一个人很配合地噤了声，唯恐有一丝的声响，给对方平添些猜忌。梅莹问苏子末："我们现在算作什么关系？"苏子末扭过身来，一字一句地告诉梅莹："男女关系。"梅莹便觉得苦涩起来，男女关系，总结得多精辟。

3

苏子末妻子的归期又延后了半年，他打趣说："梅莹，老天看你寂寞，让我多陪陪你。"梅莹笑着说："我们是相互温暖。"

梅莹第二年的生日，林寒没有忘记，打电话祝福她生日快乐，梅莹说："你知道吗？好的爱情是要在一起的，我们相守的一辈子里有这么多天没有在一起。"林寒那边却心不在焉地应着声挂了电话。

那天晚上，她和苏子末在一起，喝酒，K 歌，疯狂到夜里两点钟才回了家，两个人赤裸着身体依偎着。苏子末问梅莹："你还寂寞吗？"梅莹还没回答，他兀自说下去："为什么，我们还寂寞？"

夜半，梅莹醒来看向身边熟睡的男子，他是优秀的，一米七六的身材，颀长挺拔，硕士毕业，温润干净，他已经陪着她走过了近一年的时间。想起遥不可测的未来，心有些丝丝划划的疼，吻就跌向了苏子末熟睡的眉眼。苏子末扭了下身子，梅莹知道他是醒着的。

梅莹晚上开始失眠，即使睡着，也是浅浅的，有风吹草动就醒了，索性在黑暗里想这两个男人，翻来覆去地比较。想起苏子末，有时候心会稍稍一紧，也开始意识到自己是留了心在他那儿的。倒是苏子末仿佛察觉到了她的变化，知趣地按捺下心，同梅莹若即若离地远了一步，越来越少地在一起过夜，偶尔吃吃饭泡泡吧，不时插科打诨开点玩笑，越来越多地同她讲起他即将归来的妻子。梅莹就装作认真地听，然后，没心没肺地笑，在苏子末渴求的时候，奉上自己的身体，一遍遍地沉醉。他不来找她的时候，她就表现得更冷淡，从来不主动打电话，不缠他，让苏子末想好的那些关于相遇迟了相爱晚了的话，一句也没能说出来。

2007 年 2 月 14 日，梅莹在日历上又钩去一天的时候，林寒给了她一个惊喜，他告诉她，他刚下飞机，他说："我们再也不分开了。"

梅莹心里呼啦啦地一紧，跳下床就开始收拾，无论是屋子还是自己，她打开窗子让新鲜的空气进来，又特意喷了些香水在空气中，她不想有丝毫的关于出轨的气息在屋子里。林寒回来的时候，梅莹的咖啡已经煮好了。他说："结婚吧。"梅莹搅着杯里的咖啡，眼圈红了又红。她点头，狠狠地点，仿佛她等林寒这句话不是一天两天了。

林寒递过来一个小小的首饰盒子，简单的款式，有极亮的镶钻，是周大福最新的一款。戒指不大不小，仿佛是量身定做的，林寒说："七年，我记得你身体的每一个细节。"梅莹想起苏子末在的每一天，心里满是愧疚。

梅莹始终觉得林寒的归来是场梦，直到激情迸发的时刻，她抚着林寒湿漉漉的头发才知道他确实回来了。林寒说，从去了之后没日没夜地工作，就是想早些回来，初步的课题研究一结束，他便坚决地申请回来。他说："你说得对，好的爱情就是要我们在一起。"

夜半，梅莹起床，打开林寒的笔记本，信箱随机自动登录了，梅莹发现有几封邮件安静地躺在废件箱里，都是一个叫作童欣的人发的，眷恋，缠绵，分手，活脱脱的一个情爱版本。原来，分开的这段时间，有故事的不止是梅莹一个人。

梅莹悄悄地关了机，上床睡觉，她想，从前的那些都不重要，最重要的是，将来我们要在一起。

苏子末再打来电话的时候，听到他的声音梅莹竟觉得有些抵触，后来干脆不接了。她留意着林寒，开始他的手机常常在静音的模式下放在口袋里，后来，便大摇大摆地扔在屋里。

他们的心都回来了。

她和苏子末，林寒和那个叫作童欣的女子，都是被寂寞招惹，爱才撒了谎。一个人的身体是孤单的，可是，如果没有爱情，两个身体的慰藉也无法驱散寂寞。

好在爱还未曾走远，梅莹想，余下的路要好好地陪着林寒走下去。

第九夜　你来过，爱来过

哪一个女人不愿意男人爱自己爱得像没有明天一样呢。

1

很多男女之间的故事，似乎都是从吃饭开始，李茉莉和顾良生也未能免俗。一桌子人，最后留在茉莉手机通讯录里的只有顾良生一个，因为李茉莉说她刚从婚姻里解放的时候，只有顾良生没什么惊讶，眼神平静，笑容温暖，这让李茉莉感觉到他的善意。

隔了三个月，还是聚会，顾良生不唱歌、不跳舞，安静地坐在一群人中间。大家夸茉莉乐观、坚强，男人背叛的时候没哭没闹，还快马加鞭送了一程，华丽地舞出围城；离婚半年，过着丰富无比的业余生活：拉丁、瑜伽、读书沙龙、相亲约会……那晚，茉莉却是最失态的那一个，抢着喝了很多酒。走出酒店，强撑着看朋友走掉，方扶着路灯的柱子狂吐，撕心裂肺。有人递过一瓶矿泉水，转头看，是顾良生。他说："我送你回家。"

卧室的灯坏了两个星期，黑的屋子，静的夜。悲伤来袭，心里开始抗拒。茉莉歪着头看他，说："你带我走，哪儿都好，只要不回家。"记得是哭了的，还勾了他的脖子，哭得有些歇斯底里，几近凌晨的街头，每一个路过的人都回头看了再看。

2

醒来之后，茉莉躺在宾馆的一张大床上，衣服整整齐齐地穿在身上，头痛欲裂。昨夜的过程是一片空白。心里悔成一团，还夹了懊恼，想变坏却遇到一个正人君子，为着自己的不矜持，也为着他的不解意。

有服务生敲门，送来蜂蜜水，说是顾先生嘱咐的。茉莉犹豫着发信息给他道歉或者道谢，写写删删，良久，不知道到底该说什么。他的短信却到了："我在楼下等你。"踌躇着，安静地上车，安静地坐在副驾驶位上。车子是驶向茉莉家的。他利落地换了灯管，塞一堆吃的在冰箱里。然后，他说："离婚是为了让自己生活得更好，这样的心情违背了你的初衷，依仗别人给的慰藉不如你好好爱自己。"

心是在那一刻被打开的，孤独久了，这样一个温暖的、节制的男子足以让人动心。

联系慢慢多起来。待她发现夜半醒来他总是第一个跳进脑海里的时候，待她遇到棘手的事情总喜欢拨他电话的时候，待他每日再忙都记得打她电话装作轻描淡写问候几句的时候，两人的路已走了太远。

他的女儿去了加拿大，妻子陪读，分开已经两年多。两人很少细谈彼此的家庭，不明朗的事情似乎总是一个禁忌话题，但这不妨碍日子变得美好起来。不得不承认，一个 40 岁的男人与足够的睿智，删繁就简地把茉莉的生活带入一个新的领域，比如，享受孤独，珍惜宁静，多好的自己就会遇到多好的爱情。

两人从不说破关系，不懂得或者不舍得，茉莉更相信后者，他们都侥幸地以为自己是节制的、懂得进与退的男人与女子，以为最多是遇见了一种叫作暧昧的东西。

3

年末，顾良生在他的行业里取得了最佳的称号，颁奖晚会后，电视台采访他，评价他的家庭：妻子贤淑端庄，女儿漂亮有才，家庭幸福。他说："自己觉得幸福才是真的幸福。"主持人很刁钻，问他："顾先生，这样听起来好像并不承认我对您幸福的判断。"他笑："我今年比去年幸福。"

采访完，茉莉收到他的短信："因为你。"他知道她一定会看这期节目，如同她理解这三个字是给了她一个他今时幸福的最好的诠释，掩不住的笑爬上脸来。这幸福啊，像是一杯满溢的水，让人动弹不得，呼吸不得。

"恋爱了？"办公室的林姐悄悄问她。脸顿感发烫，如果三个字的信息便有这样的力量，不是爱情又是什么？在他面前，她总像一株喝饱水的植物，盈盈地闪着光。最好的情感是什么样子，她没见过，但她知道，真的爱，会润泽一个人的心灵，即使独立于贫瘠的荒漠也会因它而饱满丰盈——这些时日，哪一日她的心里不是满盈盈的？

转念一想，竟有些怕了，怕自己贪心，怕岁月无痕，守着他才是真的良辰美景。

4

有人介绍男友，很热情，茉莉不得不成全别人的善意。去赴宴，竟碰到了顾良生。他在包房，茉莉和相亲的男子在大厅的一角，这一顿饭顾良生出出进进好几次，最终是醉着走出去的，脚步踉跄。她盯着他，他竟没有回头看她一眼。

饭菜索然无味，饭后，相亲男的一切邀请她都拒绝了。回家时，那么醉的顾良生竟然坐在小区的石凳上。已不知到底谁诱惑了谁，情欲像那昏黄的路灯散发出的光线一样，一丝不漏地笼罩下来，谁也逃不掉。

5

幸福就是这样吧，想被爱的时候恰巧那个人来爱你。每个周末，他们喜欢去书店，一本书，一张 CD，买来趴在床上欣赏，眼神里都带着缠绵，很多话会同时说出口，一件事情的处理思路越来越相同。她称他为老师，他说："这样一个随时毕业的优秀学生，让我这老师真有压力，要不停地进步。"这样的欢喜让阳光都带着甜蜜的味道。

有时候在人群里他也会拉她的手，她说："你疯了呀。"带着娇，带着嗔，还带着说也说不出的甜蜜，哪一个女人不愿意男人爱自己爱得像没有明天一样呢。一天很多的短信，一会儿没有他的消息，就恨不能问一句：你在哪儿呀？人越来越有光彩，连走路都恨不得一裙摆的春光。

爱是有癫狂之姿的，所有的所有，她都不顾了。

6

真是贪心的，日子久了要得就会多，心里会不安。第一次心动，第一次牵手，青花瓷一样的薄与惊恐。茉莉很多次问自己：是真的吗？即使枕了他的胳膊入睡，还是怀疑：你在，这是真的么？怕失去了，怕没有了，心上总是有一层薄薄的东西浮着，轻轻的，却又让人安然不得。

醉了酒，人有些癫狂，借了七分的醉，她缠着他问：爱不爱？这三个字他从未说过，这次，他抵着房门，依然半晌不肯说，空气是凝滞的，很久，他捧起她的脸，说："最俗的女人最爱听我爱你，说了就没有了。"

隔日清晨，他告诉她已经寄了离婚协议给异国的妻子。他说："人这一生，不认真地爱一次会对不起生命。"

一场大雨，下在眼里。还要什么呀？爱人。

都以为自己够勇敢，把离婚想得太容易，顾良生的妻子从彼岸飞回来，费尽心思做婚姻大火的“消防员”。他是下了决心的，租了房子搬出去，一日一日僵持着。同事、领导、朋友，很多人做工作，她眼看着他消瘦却无能为力，开始思忖这样的爱是不是改变了相守的初衷。

他的妻子最终找到她。先是硬的，后是软的。那个女人说：“他的人生，你以为能动得了吗？你们在一起一年了吧，你真的没有为他考虑过？一个40岁的男人做这样的举动，你任他疯了？”

再后来是他年迈的老爹和老妈，控诉与哀求，声声泪下。还有他女儿一天一封的电子邮件，两个人被轮番地轰炸着。见面的时候，竟是苦比甜多。他说：“老娘病了，女儿要放弃学业回国来。”

他是落了泪的。郁达夫说得没错：“人生是动弹不得的。”

7

他那天走得很艰难，两个人都没有说再见。他说：“我给不了你什么，不能再拖累你。”一些人何时遇见，我们总是说了不算的，何时离开，我们也无能为力。

下了大雨，他在楼下，来来回回，脚步是纷纷乱乱的一片，始终没有敲她的房门。她站在窗后面，泪水，雨水，与他隔着一个世界。心底一遍遍是一个声音：若有来世，请允许我嫁给你。

她收到他的最后一条信息：“做更好的自己，会遇到更好的男人，而我，连说对不起都没有资本。”

他哪儿知道，他之于她的意义是：你曾来过，给了我行走的力量和饱满的内心，这足够好。她知道他也相信爱情，可爱情在豆蔻年华有着千军万马的力量，等到了中年，人的心理已成了单枪匹马，稍有风吹草动便溃不成军。他纵然还是骁勇善战，却也是百般艰难。人生能有多少时日可以由着真心选择，她知道这世上有一个人，一起呼吸着相同的空气，春天里看过同一朵花儿，想起彼此，已足够安慰。

他曾为她唱过一首歌，有一句歌词是："你为我留下一篇春的诗，却叫我年年寂寞度春时。"很久之后，她才知道这首歌的名字叫作《恨不相逢未嫁时》。

他未曾说过一句"我爱你"，可她的生命里，他曾来过，爱曾来过，这已足够。

第十夜　每一种出轨都是一样的

他知道老房子着火的危险，片瓦不留不是他要的结果。

意外

陆浩天在员工大会上出了丑：讲话讲到一半，手机有振动，低头瞄了一眼信息，头立时大了，半晌竟忘了后面要说的话。幸亏副总机灵，接过话筒解了他的围。回到办公室，呆坐了很久，烟灰缸里落了满满的烟蒂，脑子里还是一团乱麻。

能让一个40岁且事业有成的男人如此失常，大抵是因为女人。就如林安娜是他挥之不去的阴影。

那条信息是："我下午约了你老婆见面！"后面，是一连串醒目的感叹号。

他从来没有这么恐惧过，想到林安娜会气急败坏做出的种种，想到他的太太会掀起的惊涛骇浪，目前拥有的大好人生一下子都失了色。

其实，这是他第一次婚姻出轨，就触了礁。想想有些亏，他和林安娜也不过是一夜之欢，不过，更多的是懊恼，他清白了四十年，拒绝过那么多或明或暗的招惹，何至于在林安娜这里翻了船。

2 猎物出现

林安娜是他有生以来第一个猎物。

第一次见她，陆浩天有些惊艳，眼里没遮住那一亮，而她板着脸，笑容像是硬挤出来的，只一闪就不见了，看起来是百般不情愿地陪着老总来应酬。

那样的场合，她孤单单的一女人，气场势必是弱的，有人说荤段子，有人或明或暗地灌她酒。临近结束的时候，她有点醉，说："我给你们讲一个笑话。"

她说："男人说我饿了表示的意思就是我想吃饭，我困了表示的意思就是我想睡觉，我约你吃饭表示的意思是我想和你上床，我陪你逛街表示的意思是我想和你上床，我对你献殷勤表示的意思是我想和你上床，我送你礼物表示的意思是我讨你欢心，然后，我们可以上床了吧？其实，男人就是除了吃和睡就知道上床的一种动物。"

她干了杯中的酒，踉踉跄跄地走了。高跟鞋踩在地板上，竟是绝妙的讽刺。那一刻，陆浩天的心里一百个痒，想着如何可以拿下她。

说到底，像她说的，他想和她上床。

他想不通那天的自己为什么有了猎艳的兴趣，后来想起，那天是立春，蛰虫始振，万物萌动的一天，他的心一定也是不安分。

3 布网

他想要一次，别具一格的不俗气的出轨。

他和妻子叶芳是初中同学，两家是世交，都是这座城市的商业大家族，从十几岁就知道他们长大了要在一起，越过便越是左手摸右手地过成一体了。陆浩天是个谨慎的商人，身处桃红柳绿的生意场，他也会有遗憾，但是想到那些鸡飞狗跳、被女人算计、阴沟里翻船的道听途说，他更喜欢手握一张婚姻的安全牌。但是，这次，他动了心，他想，一生总要尝试一次的，而林安娜真是个不错的猎物。

以他的实力想和她有点交集是很简单的事情。

两个月，他陪她蹦了一次极，赶着下大雪的时候跟她逛了半个城市，又在某一个下午逃了一个无关紧要的商谈会跑去找微醺的她，听她讲了一下午她的成长史：从她小时候住的军区大院里的荆棘花讲到她放晚自习被人跟踪回家。她醉得很，没忘记问他："你听着是不是好无聊？"他摇着头，送她回家。

关了房门，她勾着他的脖子不肯放，她说："你不想和我上床吗？"他很绅士地给她盖好被子，去楼下买了一瓶蜂蜜，沏了浓浓一杯，喂她喝下，然后礼貌地离开了。

下楼的时候，他身体胀得厉害，两条腿着了火一样。他回家的时候，妻子刚刚洗完澡，他扑上去，格外的热情。叶芳的身体被他压着，像海浪，一波波地冲向岸边。

叶芳有些狐疑。他解释："我就是想让你快乐一下。"叶芳的眼里就有了些浅浅的感动。这几年，他们床上床下一样平淡，不缠绵也不悱恻，他来她就给，她找他，他便应着，白水一杯。

这网是着实地布下了，他想着酒醒后的林安娜，为自己得意了一下。

捕获

林安娜再见到他的时候却是不一样了。

他知道她的防线在退，却是不动声色。她的示好，他都当作是对兄长般的信赖；她的暗示，他一概温柔又节制地回应。男人的不动声色真是一种莫大的诱惑，林安娜到底是年轻，一颗心就明晃晃地依过来。

陆浩天肯定是想的，林安娜一枚青果一样在他身边晃，她粉嫩的肌肤时时挠着他的心，他最是想一下子把她扛到他的床上。往前倒退五年，他早已按捺不住地做了。可是，今时今日的他，懂得情要慢慢调。他不着急，因为他知道她迷恋且醉着，跑不走。床上的事，年轻那会儿是为了一个最后的巅峰，因为年轻，可以体尝百米赛跑的刺激；人近中年，他更喜欢马拉松一些，过程更为美好。

林安娜像他手中的猎物，他愿意先逗弄一阵子，看她无措，失态，再一股脑儿自己跳进陷阱里来。外遇的动人之处，只在于可以逃避婚姻的平淡无奇。他时刻记得他爱他的妻子，他就是想给自己一次不同的外遇体验。

林安娜约他，说是她的生日。他在心里笑了下，终于等来了。那顿饭都吃得心不在焉。他也克制自己，他知道老房子着火的危险，片瓦不留不是他要的结果。

林安娜早订好了房间，这让他多少失了些趣味，她到底也认定他是会来的。看她一脸沉迷，他把这点不适收了起来。当她的身体盛放在他面前时，他全身的血液都涌上来了，这种感觉是他没有经历过的。他克制着自己，将每一个动作都刻意地放慢，指尖带着薄凉的湿度。一点点，一寸寸，每一秒都是绝好的体验，林安娜在欲求的撩拨里欲罢不能。

时光的力量是骇人的，一个人的一生能有几个春天，陆浩天看着睡得沉沉的林安娜，无比得意。

5 入瓮

他离开的时候，吻着林安娜的头发，他说："谢谢你，让我年轻一次。"她说："谢谢就完了？"他说："你想怎样？"她看着他，一脸笑意，她说："我想一辈子要你。"他说："这根本不可能。"空气僵着，很久，她说："你走吧。"

他不敢走，呆了半晌，又说："我不能离婚的。"她说："那你招惹我干吗？"最后竟是痛哭咒骂，不欢而散。

前一刻多欢乐，这一刻就有多沮丧。当天中午，他便接到她的电话，想也没想地挂掉了，他开始觉得，这是一个麻烦。

林安娜打不通他的电话，便发信息，狂轰滥炸般。从他开始的深情到他最后的无情，他知道年少易轻狂，也易执着，但是他不知道她会这样奋不顾身。他试着去见过她一次，给她了一笔钱，她收了，他以为一切就了结了。她却是愈演愈烈，依旧演出之前的桥段。

有几次，她的电话是夜半打过来的，叶芳狐疑地看看他，他解释说，有人把他的电话卖给一些广告公司，所以老被骚扰。叶芳看他一眼，不说话。他心里越发没底，女人的沉默对男人来说更是一种折磨。

6 谁才是猎物

现在，叶芳已经被打扰到了。陆浩天彻底没有办法了。

他终于决定厚着脸皮找林安娜的老总，半天，他终于和盘托出他的麻烦。那个男人却是不屑一顾，哈哈笑起来，他说："陆总，上一次床，干吗搞那么麻烦？男男女女的事到最后都是床事，所有的床事都是一样的。”

他不知道林安娜的老板用什么摆平了她，只是，那个女人自此再没有了消息。那天下午陆浩天打了好几个电话，叶芳都在美容院，没有赴约的迹象，他的生活终于恢复了平静。

林安娜成了他心底的一个劫，每每想起，便会长长呼一口气，觉得自己如此惊险一场。偌大的麻烦过去了，他偶尔也会想起那一夜的刺激，还是会怀念一下林安娜的身体，想想这整个猎取的过程，陆浩天安慰自己，忽略那一段灰蒙蒙的情路追债，算起来这狩猎还是成功的。这样想着，他的心里会稍安稳些。

偶有聚会，他去晚了，只留了一个座位，旁边便是林安娜，他愣了下，硬着头皮坐过去，她竟是像未曾有过那些龌龊一样，对他微笑。酒至微醺，她说：“男欢女爱的事情，游戏一场而已。你把前戏做得足足的，不也就是为了和我上个床？”陆天浩之前所做种种，被她轻描淡写地挥了去，一时有些恼。她说：“其实，我本来也没想让你娶我，可是，你刻意躲着我，穿上衣服就不见人，连点游戏规则都不讲。这让人气不过，我根本没和你老婆联系，就是想教训你而已。”

不过喝了几杯啤酒，陆浩天觉得酒精一下了冲上来，醉得厉害。他的耳边一直响着她的那句话，其实，我就是逗你玩玩儿，你还真当了真。他再一次验证了她认定的那个道理，男人就是除了吃和睡就知道上床的一种动物。

他以为他是个绝好的狩猎者，其实，她只是偏巧有兴趣陪他玩一场被猎的游戏而已。

说到底，这不是他的江湖。

第十一夜　你有多好，爱就有多好

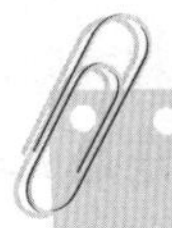

这人生里的太多疼痛，不是每个人都能说得出。

1

三月，梅花住的锦盛小区空前热闹，不是因为这年后迟来的第一场雪，而是因为一个女人歇斯底里的哭喊。

人群里三层外三层。梅花一向是不好热闹的，拎着红的绿的菜，走出去几步，女人嘴里喊出的名字飘进耳朵，立时惊了，竟是付平安。再听，没有错，骂的是她的丈夫。

梅花折回去，人群很快分散开，给她留了一条路。她的腿发软，走了很久才到那个女人身边，女人二十几岁，穿了豹纹衫和黑色的短裙，很俗也很艳，即使哭着毫无风度也是有几分姿色的。

怀了孕，那个挨千刀的付平安就不见了，电话不接，短信不回，一下子就消失了。很多事情，根本不需要多少话赘述。梅花那个看起来老实厚道、可以让人依靠的付平安竟然做了这样的事情。

晴天霹雳也不过如此，曾经有多爱，此时就有多恨。哭闹，冷战，疏离，悔过，发誓。婚姻进入了再俗不过的套路，咬着牙发着狠地离婚，三个月，从下定决心到犹豫不决，竟是过得如此纠缠激烈。

离婚提出来就被顶回去。婆婆左劝右劝："当上了一趟厕所呗，那东西放干净了人就不闹腾了，哪个男人不是这样子？"好友也说："最可怜的无非是被离婚的女人和被遗弃的小孩。"两个"被"字，让人无比凄凉。孩子班里组织活动，全家参加，付平安卖力的表现换来多次喝彩，儿子偎着他，无比自豪骄傲，许多人说，真是郎才女貌的好姻缘。

人是虚荣的，人生到此，梅花开始承认自己不是个决绝的女子，能够撕旧事，千金一笑。

2

日子看起来平坦地走了半年，付平安的手机里开始在错的时间出现错的电话。一朝蛇咬，时时提心吊胆。问他自是百般抵赖，客户，朋友，同学，一次一个身份。费了时日查证，她把通话记录、开房地点，统统摆在桌上，付平安暴露了嘴脸："压力很大，逢场作戏你也当真？"

心竟然不像第一次那么疼了，很快想好了来路与去处，留了离婚协议书，租了房子搬出去住。付平安先是来劝，一把鼻涕一把泪，就差跪下了。看梅花狠了心不回头，他把儿子送了来，一声一哭泣，小儿执拗，妈妈不回家就不肯吃饭，劝与骂都不起作用。

梅花终于败下阵来。回了家，付平安高兴里带着得意，过了些时日，竟然搬出冯小刚电影里的一段话来："编瞎话也是在乎你，真不在乎你就不编瞎话了。刨根问底，真刨出实话来，你是翻脸还是不翻脸？主动反而变被动。制裁只能使双方都受损失，居家过日子，犯不着火眼金睛不容沙子，虚着点和气，一辈子很短。"

残酷如此，连最俗套的安慰也给不了自己，年少春衫薄，那个一只鸡蛋给你揣一天，眼里心里全都是你的男人已经没了，死了。

梅花每夜失眠，一会儿觉得还爱他，为他的背叛痛不欲生，恨不得锁了他或是废了他，省得他四下里乱飞，一会儿又觉得其实早不爱了，只是这么多年，付出这么多，怎舍得都抛下？

但是，无论爱不爱，日子是慢慢冷了的。

■

冷了也是要过的。还是黎明即起，头发高挽，抹淡淡的口红，配相宜的衣裳，上班时人前人后语笑嫣然。

除了自己知道，有些东西死了。

付平安的生意越来越好，交的家用越来越多，顺风顺水的人生，得意得像换了一个人。还是会有各色的女人，每发现一次闹一场，他立马会跟那一个断绝关系。他认为这就是对得起梅花的感情，常对梅花说："我是爱你的，你看，你说不行我就把她散走了。"

有一次梅花给他洗衣服，衬衣里有张超市小票：香水一瓶，安全套一盒。当头的冷水泼下，在她眼里已是这样不堪。这个男人，他甚至懒得费心思去销毁偷欢的罪证。梅花以为他是知道心生生被插一刀的滋味的，他却还是残忍地将刀柄再深两分，转几圈。怪不得别人，是她自己的退让给了他伤人的机会。

单位有应酬，以前是会推辞的，那次却是去了，还积极地喝了酒，没人劝，一瓶接一瓶，后来在洗手间又吐又哭，肝肠寸断也不过如此。有人递过纸巾来，云里雾里地看过去，是周燕翔，财务部主管。

坐了他的车，在车里待了一晚上，哭尽了半年来的委屈和痛恨。他一直开着空调，直到烧尽了汽油，夏日热，打开车窗便有蚊虫。他拿了份文件，不停地扇着，左手累了换右手，以免梅花被咬到。

第一次感觉到夏天的好，为着他能安静地倾听，为着他的细心，也为着能够肆无忌惮地坦诚。这人生里的太多疼痛，不是每个人都能说得出。

太阳初升的时候，一脸狼狈地去两岸咖啡吃早餐。洗手间里第一次仔仔细细看自己，即使哭了一场，醉了半宿，镜子里还算是个玉貌朱颜的女人，细细化了妆，再出来时人竟是轻松了许多。

周燕翔甩了个响指，眼里都是光彩，还有比这更好的赞赏吗？没了。

4

梅花才知道，这座城初秋时竟是这样美。大片的枫叶，红得让人想流泪。

儿子寄宿在学校里，一个月回来一次。每个周末，这座城市的郊区就布满了梅花和周燕翔的足迹。有时候在人群里他会悄悄勾她的手，不经意地一下又一下。人涌如潮的街头，梅花兀自笑着，带着娇，带着嗔，还带着说也说不出的甜蜜。

春光慢慢回到梅花的世界，到处是花红与柳绿。至于付平安，早已被关在梅花的心门外，他衣服上的发丝她都能淡然地收拾掉，还能说："要做好安全措施，别染了病回来。"语调又冷又平淡。

如此受伤还能爱，不知道这是庆幸还是悲哀。梅花和周燕翔是说了爱的，不怕肉麻，三个字，被翻来覆去地说。道德观，爱情观，人生观，之前所有积累起来的观念都统统打倒了，她只剩了一个念想：和他在一起。

周燕翔也是说过的，情到深处，他的吻绕在耳边，搅得人一浪一浪地心急。他说："快点离了，我一想起来你待在那个男人身边就想发疯。"这动人的情话呀，销魂之后，他是不说了的。即使那么渴望，梅花也再不追问。再孟浪也知道，离异女和未婚男，这之间还隔了诸多的说不清的俗世偏见。梅花到底还有所畏惧，怕鸡飞蛋打。

可是，终是对付平安提出离婚："我净身出户，什么都不要，只要你放了我。"付平安把梅花拎到窗前，他说："要是离，先从这儿跳下去。你是不是外面有人了？要让我知道，你会死得很难看。"这就是付平安，州官火自是放了的，你连点灯的心都不能有。

周燕翔说："还不是时机。你的孩子还小，需要做他的工作，不能让他受伤害。"你看，连这理由都这样让人感动，于是梅花信了，一心一意地等着，等着拟将一生拼，与君共白首。

付平安最近生意不是太顺利，待在家里的时间多了，梅花竟有些烦。有一次他下厨做了饭，有些炫耀，还带着点想煽情的姿态，梅花的反应漠然得很，心底是不喜欢他这样的。为了这个念头，吓了自己一跳，她不希望他的心再回到婚姻里来。他凉着，她冷着，也不错。

5

好与坏，日子总要不急不缓地过。冷下来的倒是周燕翔，也见面，再不似以往那么热烈，人前遮掩，人后也平淡。他说："怕影响你，对你不好。"

几日里难寝难眠，同在一个公司，小道消息满天飞：董事长女儿从国外回来，抛绣球给他，攻势一阵猛过一阵子的，哪个男人能抵得过这年轻貌美的女子？

梅花在国贸大厦看到了跟她撒谎有应酬的周燕翔和董事长千金，真真是郎才女貌。礼貌地打招呼，眼里有泪出来又逼回去，狼狈地下电梯，竟是不敢回头看一眼。

当晚，周燕翔发信息，一遍遍约了见面，还是抵死缠绵，心里还存着希望，甚至想开口求他把她带走。幸好没说，他说："就这样保持着，也很好。"

"爱过我吗？"还是问了，这话很俗也很没趣，任何一段感情到了要问你有没有爱过我的时候，那一定是值得质疑的。

两个男人，一个让她看到了婚姻的不堪，一个让她看到了爱情的无果。过了一个新年，又是三月的雪，雪花一片比一片凉。去年此时梅花断壁残垣，今年她千疮百孔。

6

他们都说过不会伤害她，都只是说说。

雪后的城市很干净，梅花走了一夜，回头看看深深浅浅的路，似她走过的人生路途。她找了律师，发函通知了付平安。周燕翔的手机号被她拉进了黑名单。

临近 30 岁，梅花终于明白，一个允许自己被伤害的女子，男人又怎么会珍视你？能够干净地等待爱情，才会遇到新的爱情，你有多好，就有多好的爱情属于你。

梅花相信。

第十二夜　爱的瑕疵

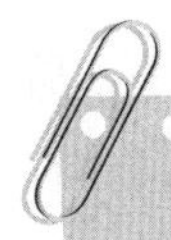

昨夜的鱼水之欢，鱼知道，水知道。

莫名其妙的艳遇

世上本没有艳遇，出差出多了，便有了艳遇。唐子天的 2009 年，便被艳遇搞得兵荒马乱。

距婚期还有三个月的时候，唐子天在出差的城市里稀里糊涂和旧情人上了床，情人的叫声有几分的夸张，叫得唐子天极短的时间便收了兵。情人那边倒是懂得上床的规则，下了床便封了那些陈年旧事，最后还叫了老公来送行，转过脸去就和老公一副恩爱模样。

回城的飞机上，唐子天的心里像堵了一堆泥石，憋得喘不过气，在机场见到接机的沈青萍更恨不能抽自己一个大嘴巴。小别之后总该有些缠绵的，只是他们试了几次都失败，后几夜还是如此。半个月后某一个夜晚，唐子天醉酒，沈青萍就势一问，他便招了。

从这一刻起，唐子天恢复了单身生活。他没想到沈青萍这样决绝，并且以从未有过的利落劲儿收拾好衣服，租好房子搬了出去。唐子天以为过一段时间就能被她原谅，毕竟朝夕相处地过了三年，于是电话、短信加礼物轮番轰炸，把屋子收拾得干干净净，等着沈青萍回来。没想到只有五天，他便看到有男人送沈青萍回她的出租屋。这一发现，让唐子天的心突然间空了。

婚期还有两个月，结婚证已经领了，她还是他法律意义上的妻子，分与合总不像恋爱那样利落，唐子天是万万不想离婚的。

2 分开五天就有了新欢

回到自己的房子，屋子里到处都有沈青萍的影子，便有了说不出的沮丧。即使是他错在前，这么短的时间她便有了新欢也显得有几分无情。这沮丧一日多过一日地缠着他，缠得他跑去找她要一个解释，问那个男人是谁，是不是早有来往。

正说着话的时候，那个叫蔡卓远的男人便从办公室走出来，站在沈青萍身边俨然一副男主人的模样，沈青萍挎着他的胳膊，一扭一扭地要离开。唐子天恨恨地骂了一句脏话，拉了沈青萍的胳膊，一拉一扯，两个男人便打了架。他看着沈青萍用胸脯护住了蔡卓远的脸，一走神的工夫，便被蔡卓远下了狠手，打破了鼻子，血一直流。沈青萍慌不迭地找纸给他擦，唐子天坐在马路边上一动不动地盯着她，沈青萍忙活了半天，眼里噙了泪，动了动唇，却没说出一句话来，转身离开了。

当夜，沈青萍打来电话，唐子天想到她白日里贴在蔡卓远脸上的胸便恨恨地摁键关了机，又不甘心，开了机拨回去，不等沈青萍说话，便说：“明天去办手续吧。”话音还没落，听到沈青萍在那端也说着话：“你来接我回去。”唐子天恨不得咬烂了自己的舌头，赶忙说对不起，这就去接。沈青萍却挂了机，再打过去，那边一直拒接，好不容易通了，却是一个男人的声音：“找青萍啊，她在洗澡。”

唐子天一阵反胃，对自己身边待了三年的沈青萍，还是看走了眼。

3 到底还是把婚离了

婚还没有离，唐子天的心已经提前进入冬天了，有半个月的时间，没有彼此的消息。情深意浓的时候，沈青萍说过，会永远爱。唐子天在某一个晚上辗转反侧，爱情这东西他明白，但永远是什么？

沈青萍其实是较上了劲，那一日，唐子天挨了打，心疼的是她，想着到底还在为着这个男人疼，不如就咬碎了银牙做一只河蚌，把沙子磨成珍珠，用爱折磨他一辈子倒也是一种报复的方式。于是，低了头打电话给他，却听他说一句“明天去办手续”。恨恨地挂机，后来电话响，沈青萍知道是他的，但还在气头上，就出了门在大街上寻了个男人接了。气过之后才知道事情的荒唐，等她回过神来找唐子天解释的时候，他却不给她机会了。

沈青萍从来不知道，七月的太阳可以这样冷。她在马路上看到唐子天，还有一个女人，边走边笑，唐子天的嘴巴几乎咧到了耳根。这笑容就那么晃眼地伤了沈青萍，她以为他该是像她这样狼狈不堪，再或者是憔悴的，总归不应该是这一刻的春风得意，几乎没犹豫，沈青萍冲过去，直愣愣地甩了他一巴掌。她的目光一定凛冽极了，旁边的女人瞧出她的怒气，想走开，被唐子天一把拽住，保护神似的姿态，转过身来，声音沉沉地问她：“你想做什么？”沈青萍几乎是用尽了全身力气喊：“下午两点，拿了证件把离婚手续去办了！”

下午两点，唐子天准时来了，却不肯上民政局的楼。他一遍遍问她：“你想好了，不后悔？”沈青萍的泪流出来落回去，到底知道了肝肠寸断的滋味。想着过去的岁月里那些好，她等着他说一句：我们不离了好不好？再或者，他把她霸道地搂过去，说一句：你一辈子都是我的。她就会乖乖地跟他走，不提前仇旧恨，重新把日子过成有爱有情的模样。

可是，唐子天不肯说，她就只剩了流泪和心里那一点可怜的坚持，婚姻的底线总是在试探中不断降低的。那么轻易地原谅了他的出轨，他就会摸到她的底线，这样的事情的再次发生就成了必然，与其那时候长痛不如现在的短痛。

仿佛半个世纪那么久，唐子天很绅士地为她打开了车门。

办手续的时候，沈青萍哭得盖章的女人都心疼：“你俩想好了啊？”唐子天转过头来看她的梨花带雨：“要不，我们不离了？”她在那一刻冒出来无数种想法，连带着恨他的不确定，进退不得，偏巧又想到了她上午遇到的那个女人和他的无情。他和她，已经开始像树上的两根枝丫，朝着各自不同的方向，背道而驰。

字，签了。

4 酒后才能吐出真言

手续办完了，沈青萍一直憋着的像是要向谁证明些什么的力量像放了气的气球，只剩了瘪瘪的壳。分手时，唐子天说：“希望你和他幸福。”他说的“他”指的是蔡卓远。沈青萍没有说话，手里的一纸离婚书，宣告他们已成了陌路。有蔡卓远在，好歹还能做个有人怜惜的样子，她又何必告诉他那只是一个不错的热心肠的朋友。

唐子天要请她吃最后一次分手饭，沈青萍拒绝了，相见不相亲，不如不相见。夜里却接到唐子天的电话。他自己去泡吧，酒一杯一杯地喝，一个大男人，在人群里稀里哗啦地哭。想着自己的出轨、沈青萍的疏离，便觉得感情的浅。前一刻，还许了生生世世，后一刻，却成了薄情的两个人。他不依不饶地给沈青萍打电话，他说：“你再不来，就见不到我了。”

十几分钟，沈青萍便来了，带他搭车回去，他说：“那个女人是新来的同事，压根儿没什么的。我是面子过不去，我那么爱你，你……”说着，却不知道应该责怪她什么，所有的事情都因他而起。

司机摇下车窗，风一吹，那些关于爱情的记忆就飘了上来。没喝酒的沈青萍也像是醉了，枕在他的肩上，街边的灯照过来，便照见脸上湿湿的东西。那一晚，沈青萍没能回去，唐子天醉了，所以，他所有的自尊和矜持都随着酒精跑了，他堵在门口搂住要离开的她，像是对失而复得的宝贝，他贴着她的耳朵呢喃：“青萍，我爱你。”

她执意走，他就箍紧了臂膀，他说：“除非我死了，不然，怎么都不能放你走。”怀里的女人就落了一地的泪，纠结，撕扯，辗转承欢的一夜。到底是有过身体之欢的人，且没有人比他更懂得她的身体密码，于是，这黑夜里就有了灿烂的好。

5 瑕疵是为了考验真爱

清晨醒来的时候，两个人的姿势是交颈而眠的。沈青萍的脸藏在他的颈下，他的呼吸贴着她的头发，唐子天竟是不敢动了。沈青萍也醒了，保持着这个姿势。屋子里如此安静，昨夜的鱼水之欢，鱼知道，水知道。

她为他做了早餐，和从前一样，煎蛋，豆浆，一碟小菜，用了十几分钟。这十几分钟，唐子天在厨房里出出进进了好几次，总想说些什么，却是无话。

这个早上，两人吃了一顿沉默的早餐，相互对望了几眼，空气里的甜就浓郁起来。唐子天心里的快乐像是九月的菊花，开得大而热烈，甚至恨着自己为什么不早早酒醉一次。可是，沈青萍去洗碗的时候出了状况，那个玻璃碗莫名其妙地碎了，玻璃碴儿扎进肉里，又细又硬，看不见，摸不到，却疼得厉害，唐子天折腾了很久还是没有拔出来。他着急地奔进卧室换衣服，带她去医院，她却不肯去，站在客厅里，抱着他哭着说分开。她说："这根刺注定是一辈子的，长进肉里，连着经脉。"如同他的背叛，无法忘却。她的眼里都是泪，抬头望着他，她知道自己的心里不是这样想的，她只是被这片玻璃刺扎了一下，她希望他能搂紧她，和昨夜一样，不放她走，他却说："先去医院。"

他们没有去医院，因为那颗刺莫名其妙地没了感觉。唐子天小心翼翼地在沈青萍的手心里画了很多下，紧张地盯住她的眼睛，却只看到她的眼睛忽闪闪地眨，嘴角笑着，眼睛里有泪。

家门口的126路车是这座城市行程最远的一路公车，从城南到城北，走完全程要两个小时。他们一直在车上，握着手。无需再多说什么，他们待在一起有三年的时光，这趟车坐过无数遍，那些记忆像是翻转的底片，清澈温暖，纷飞跳跃在他们的脑海里，沈青萍恍惚觉得这些美好对她来说重要起来。她看到那个玻璃碴儿带给他的紧张，下一刻在不在一起比不过这一刻她的疼重要，这不叫爱情又叫什么？

真正的爱情不是没有瑕疵，而是有了瑕疵还能真心相爱，这最是不容易。

第二部分

十二日

卜他年白头永偕，桂馥兰馨。

第一日　婚姻只有一个答案

连就连，我俩结交订百年，哪个九十七岁死，奈何桥上等三年。

他们没有谈恋爱，直接谈了婚姻

她遇见他时，父亲去世，事业受挫，最慌乱不堪的时期；男友离开她，母亲又生了场大病，他是她母亲的主治大夫，医好了她母亲的病，他们开始谈恋爱。

其实不是谈恋爱，而是谈婚姻，做媒的是母亲。母亲说他虽是外地人，但是勤劳且努力，会是个好丈夫。于是，他把温暖的手伸给她，他给她买花，送她布艺的小猫，陪她去爬山，忍受她极端恶劣的情绪，跟她谈了一年的恋爱。

结婚的时候，亲戚朋友都说她有福气，因为她嫁了他。她承认他是个好男人，他善良，他的汽车手盒里常有零钱用来给乞讨的人；他友善，他周围的朋友都喜欢他；他不喝酒，吸少之又少的烟——因为爱她，他记得让自己的身体好好的……总之，他是个没有不良嗜好的居家好男人。可是，这些不见得她是幸福的。

他们结婚了。家里的壁橱里有一个小箱子，她锁了一把巨大的锁。他从不曾问过她，他不知道那里面储存满了往事，关于一个和她谈了五年恋爱的男人留给她的往事，而她不舍得丢弃。正是由了这样的心，跟他去民政局领那一纸婚书的时候，还想五年的恋情都可以分开，这样单薄的纸张怎样来承载他们一辈子的长度。

其实他知道关于那个男人的往事，因为她的母亲给他讲过。他听过之后是再平淡不过的表情，他说：她是个好强的女人，她只是不甘心。

母亲告诉她的时候，她很是不屑。他是一个自信满满的丈夫，以为娶了她便是了解她。他却不知道，那个男人离开近两年了，却时常跑进她的梦里来，打乱她的生活，搞糟她的心情。她哪儿是不甘心呢，她是不舍得。张曼玉那种活得那么明白的女子都说过："最值得回味的爱情，是还没爱够就戛然而止。"更别说是她了。

即使那人在那样的时候离开她，依然不妨碍他成为她用情最深的男人，事实证明就是如此。那些芳华青春里缔结的情感，时间流逝得越久，怀念就越深刻。

2 如果你想念一个人，早晚都会遇到他

其实，有他的婚姻是美好的。他给她的爱那么多，连母亲都说他会宠坏她。他有小小的洁癖，却从不曾埋怨她把屋子搞得乱乱的。他容忍她的坏脾气，她对他着急的时候他总是很无奈的表情，像看一个不听话的孩子。

她买了新衣服他总说好看，把头点得比小鸡啄米还快。她说她晚些要孩子，他也没有意见。他的臭袜子他总是自己洗。她想喝他做的菠菜汤时，他再累也会做给她喝。他停的车永远是车头朝外，方便她直接开走。他每周会帮她的祖母洗头发做按摩……这样想着，她其

实应该珍惜嫁了一个好男人。

可是，她不知足。

爱情里最残忍的事情，不是分手，而是无法从往事里走出来。早有人说过，时间是最好的疗伤剂。两年不是太短的时间，那个叫程森的男人都已经结了婚，做了龙祥集团老总的乘龙快婿，她却依然纠葛在记忆里。这些小小的念头总会在某一个时刻蹦出来，搅得她心里乱乱的，所以，她常常在脑海中设计同他重逢的场景，把别人说来的关于他的每一点消息，都回味了再回味。

其实，这世界小得很，如果你想念一个人，早晚都会遇到他，同学聚会就是个再好不过的机会。他那天让她去给外婆买套保暖内衣，她撒谎说中午加班，其实去做了美容，换了新发型，她在为晚上的聚会做准备，她渴望碰到他。

果然便遇到了，程森惊艳的眼光让她忽然很感谢丈夫这两年给她的生活，同学说她一点儿也没有变老，脸上都是幸福小妇人的模样。

那天的聚会，有人开他们的玩笑，他们半真半假地笑着。聚会结束后他送的她，两人又在附近的咖啡厅坐了半小时。他说他离开她很不快乐，他的妻子和妈妈相处不好，常常吵架，他说，那年是因为经济太紧张了，无法为她承载生活的负累，而现在一切好起来了，常常想她想得心疼。

其实，这不算是多动听的情话，而且，她已经近 30 岁了。可是，这些话依然让她受用得很。甚至回家的时候，忘记问丈夫晚上有没有吃饭，忘记告诉他冰箱里是空空的。

他在沙发上看报纸，对她的新发型和新衣服不屑一顾，他说："一个接近 30 岁的女人应该做的是每天吃必需的维生素，或者去健健身减掉偷偷长出来的脂肪。"她怕他看到她脸上的绯红，没和他争辩，其实，即使她在他面前再刁蛮，她也无需辩解。

3 她只是还傻乎乎地想要个分手的方式

她记得她和程森那么多的往事：她上班的第一个月，省下一个月的早餐钱，只为了给他买一双像样点的皮鞋；她常常会绕半个城市的路去等他下班，公交车距离她的宿舍还有两站路程的时候，两人便手拉着手走回去；他们会在半夜爬上房顶看星星，他许诺过她一间房，一个孩子，一份永久的爱情……

程森回来的日子便成了一段鲜艳的时光。他说自己重新有了爱的能力，他给她订大把的花派人送到办公室，张扬得很，惹来同事一波多过一波的尖叫。他派人给她买金至尊的戒指，他在豪华饭店的包间里等着她的到来，他说："要把以前欠你的都补给你。"

她不知道能不能。以前，他送她的第一枚戒指，是在雨后初晴的黄昏。他约她吃饭，手上乱七八糟地缠了很多纱布，疼得冷汗直冒。他告诉她不小心被玻璃割破了手，当她心疼地将纱布一层层揭开的时候，便看到他坏笑的脸——掌心是安好的，只是有一枚戒指藏在纱布的下面。他给她戴在手上，抵着她的额头嘲笑她的眼泪。

那时候，他们还在相爱，是很爱的那种爱，从来没有想过分手，似乎字典里只有天长地久，似乎分手都是别人的故事，其实就是这些温情的画面一次次定格在她的回忆里让她痴缠着过往无法逃开。

而今，他给她的戒指是放在一个硬硬的盒子里，没有包装，没有感情，赤裸裸的，还是派人买来的。而今，他做每一件事情都是小心翼翼，他说："已经不是自由身。"他要给她戴上的时候，她忽然看着手上的婚戒，那么安静地待着，已经成了一种习惯，以至于眼前的戒指让她有些抗拒。她在想，自己该以什么样的理由告诉她的丈夫，她有了一枚新戒指。

即使他变得不像以前，即使这感情和眼前的男人不是她想象的，她也走了神。

她生日那天，丈夫加班，而程森要给她过一个隆重的生日。在包房里，他探过手，忽然抬起了她的下巴，她的脸只在他的掌中动了动，便安静下来。他有些老了，眼部有了皱纹，没有丈夫身上那样好闻的气息，她有些不习惯。那天晚上，他给她唱《藤缠树》，他说："你听听，多好听的歌——'连就连，我俩结交订百年，哪个九十七岁死，奈何桥上等三年。'"多么缠绵悱恻。

他说："子冉，我们下辈子还要在一起，好不好？"吃过饭，他说要去酒店拜访一个朋友，酒店的房间里剩她一人，她忽然想逃，他的吻盖过来，他说："我想了你很多天，很多年。"她在这样的呢喃里又醉了心，她羞怯地去洗澡。酒店的卫生间有面无比宽大的镜子，她在镜子前看到自己迷失的脸，突然恐怖极了，除了丈夫，她竟是不能在任何人面前一丝不挂地展现自己，因为她不知道别人会不会像丈夫那样地珍爱它。

于是，她逃了。

当夜，失了眠，数了几千只羊，也未能入睡。她辗转反侧，两个男人的脸在她面前不停地晃。从什么时候开始，她把两人处处做比较了呢。他感觉到了她的反常，问她："老婆，你说，男人和女人为什么会结婚？"

她说："有时候因为生活，有时候因为孤单，有时候……"

他说："统统不对，婚姻只有一个原因，就是因为他们相爱。"

她在第二天早上见到了程森，他在她公司门口等着，这是他们重遇以来的第一次在阳光下相见。他说："你看，你让我为你痴狂了，我连她都不怕了。"

她的心理又开始乱，一拨一拨的鼓不停地敲，他说："我爱你，真的。"她许久没说话，心下想的是这话身为丈夫的那个男人从来也没对她说过。她想起他昨晚说的话，忽然明白，不能在一起只是因为不够相爱而已。

没有别的原因。

她约了他下班后见面，他笑了，笑容里有一点小小的得意，她能懂得这意思，忽然想起海岩的一句话，他说："女人过了25岁以后，很少会再有纯感性的所谓爱情，每一个有过经历的男男女女在开始一份感情时心中早已开始打一个小九九。"她也未能免俗，他的笑被她看在眉眼里突然便觉得自己无聊得很。

临近下班的时候，程森爽了约，发了两条信息给她，第一条是告诉她他晚上有事情，他说："是挣钱的事情，你知道，有了足够的钱，我才可以让你更快乐。"第二条，他说："她十点左右就回家了，千万别联系我啊，乖。"

他以为她晚上约了他是去投怀送抱，他不知道她只是还傻乎乎地想要个分手的方式。现在，她连这方式也不要了。

4 男人和女人在一起，只有一个答案

她在家看他的博客，她只是随便搜了搜，就找到他的博客，他的博客起了个很俗的名字，叫"她给的幸福"。

他在上面写：他很幸福，因为他在这个城市打拼了七年，买了属于自己的房子，娶了自己想要的女人。他的博客上设置的背景音乐竟然是那首《藤缠树》，同样的音乐，在他们的小窝里听起来格外踏实，一遍遍循环，她竟然把泪流了满脸。

她听到歌里唱："连就连，我俩结交订百年，哪个九十七岁死，奈何桥上等三年……"她知道这样的承诺丈夫今生就能给她，会好过程森说的下辈子还要在一起的甜言。

可是，丈夫的医院里打来电话，说他去接诊一个病人的时候，路

上出了车祸……

她跌跌撞撞地往下跑，在楼梯上摔了好多跤，她的头上不断地冒冷汗，腿在发软，到最后几乎是手脚并用地爬出了楼道。下楼的时候才发现只剩了一只鞋。她站在马路的正中央拦车，好心的司机问她去做什么，她说去看她的爱人。

“爱人”这词是专属于丈夫的，她曾经笑他老土，每次都这样对别人介绍她，如今才发现这是这个世上最美丽的词。

她打他的电话，听不到他的声音，他的同事说：“嫂子，他还没有清醒。”她终于到了医院，与他隔了一块玻璃的距离。他躺在病床上，皱着眉头，像个孩子。他的同事说没什么大问题，几个小时后就会好了。

她知道，一定会没事的，老天刚让她知道自己这样爱他，而他，没有理由会不把她给的幸福坚持到底。

男人和女人在一起，只有一个答案：因为他们相爱。这是他告诉她的。

第二日　一个不复杂的故事

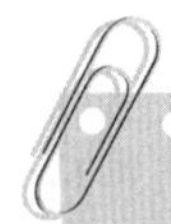

婚姻的杀手不是外遇，不是时间。

1

林未然跟苏浩的婚离得有些亏。很多人这样说。

林未然有相当长的一段时间厌倦了他们老是为鸡毛蒜皮的事情吵架，厌倦了每天要在路上花 1 个小时的时间回家，然后马不停蹄地钻进厨房做饭，收拾完一地狼藉之后还要洗衣服，刷马桶……

她想象里的婚姻应该是炒一把芹菜也有爱的味道，做不到在沙发上看电视的时候也眉来眼去地时不时摸一把，最起码不能像现在这样，只有她自己包身工似的忙活，她的丈夫回家后打个招呼就钻进房间玩游戏、聊天。只有她的生理期时，他才会象征性地拖拖地，把床上的衣服挪到沙发上。结婚不过一年，林未然觉得像是过了一辈子那么久。某一天清晨，她看着站在身边刷牙的苏浩竟觉得是陌生的，想到如果还有什么能证明他们是夫妻，那就是隔三两日都有需求的时候身体缠绵一下。

林未然曾经对女友抱怨过，如果没结婚，生活是怎么风生水起，可是没有如果；也说过还不如离婚，可是也知道婚姻其实都差不多，再是一出戏也不能天天有高潮。可是，林未然总觉得心里有点空，这空就像个小虫子，悄悄住进林未然的心里，每分每秒都在啃噬她。等她发现时，心早已被虫子蛀了一个大洞，风一吹，就呼呼啦啦地响，响得自己都害怕，而展翔就是这风。

其实他们没做什么，无非是短信发得频繁些，电话打得多了些，QQ 上的聊天记录多了些。他们最最亲密的举动也就是展翔亲了她，但是他把手伸进她的衣服里时，她就慌慌地逃了，并且失眠一夜，发誓再不能错下去。可是，展翔把那缠绵到窒息的吻在 QQ 上大加描述了一遍，后面打了一句：我已经要了你了——然后点了三个火红的叹号。

林未然以前不信命，但是现在她开始超级迷信这东西。那天，苏浩的妹妹经过她的公司，急着查个文件，到她办公室的时候，她的 QQ 上正蹦出来这段要人命的话，偏巧就死机了，她不停地按关闭，那段话偏就直愣愣地挂在屏幕上，怎么也不肯消失。妹妹深深看她一眼，扭头走了。她发信息，她不回她，打电话也是被挂断。忐忑了一下午，看到苏浩那张愤怒扭曲的脸反倒平静了。她和苏浩掰了，第二天就去办了手续。她没法指望解释什么，苏浩没给她机会，白纸黑字加添油加醋，她已经被判了“死刑”。

才过了一年，很多东西还没有对方的痕迹，说分也就分了，离婚这事，原来这么简单。

■

她自己寻了间房子租，没有告诉展翔她成了一个人。她知道大多数的男人招惹已婚妇女其实只是为了喝一杯奶，没有谁肯傻乎乎地付出养一头奶牛的艰辛。再孟浪，她也是几近 30 岁的人，这道理还是懂的。可是，她想错了，展翔是个例外。

她那天正上着班，他带着把玫瑰花风一样卷进办公室。那花很糟糕，一把玫瑰被包装纸随意地裹着，花根还露着，像是随便卷了就来了。他单膝跪下，说："嫁给我。"周围的人不明就里，极少数人知道她离异了，有人起哄，有人疑惑。她还没想好是不是要嫁给他，她怕他们做过的事情会有轮回，她怕他们曾经不光明的交往对以后的婚姻有影响，她怕他的家庭不能接受她，她还怕自己没有做好再婚的准备。他不听她的话，执拗地一件件把她的行李往车上搬，任凭她说了一个又一个理由。

他说："你是老天赐给我的礼物呀。"这个男人用了个"呀"字，这话就酥酥软软地飘进了林未然的心里，她乖乖地跟着他回了他的家。用了一会儿的时间，她的东西就被他安置在家中每一个角落里：衣服占了衣橱的一多半，拖鞋、牙刷也相偎着在一起……一切都像夫妻该有的样子，一个月后，展翔的爸妈来见过了她，然后，他们花九块钱领了一张盖着章的红本，一切尘埃落定。

从民政局出来，亮堂堂的阳光下，林未然湿了眼，展翔咬着她的耳垂说："我想要你。"这四个字，一个字一个字地击在她的肌肤上，立时便有了诱人的火。这一个月，展翔一直住在她的隔壁，任她百转千回，再不肯有以前的急迫。这是他给她最好的尊重，他说："你等我名正言顺地娶你。"领了证的这一夜，是火树银花的一夜，展翔把这一个月的压抑和折磨都揉进了她的身体里，不肯停歇。她每一个细胞都战栗着，努力地迎接他的侵入，她已经柔成一汪水，任他把她的身体打开，折起，翻转。这水就漫在展翔的身下，一浪接过一浪。而林未然，连呼吸都做不了自己的主。

3

新的日子活生生地绽开在眼前，仿佛走下去便是繁花似锦，花好月圆。林未然有时候会忘记自己曾经结过婚，有过一个叫苏浩的丈夫。原来，很多以为一辈子都不会忘记的事情，就在我们念念不忘的日子里被遗忘了。

遗忘不了的是婚姻里的感觉，他们在婚后恋爱了好一阵，可是，终归要归于平静，这似乎是每一个婚姻最终的走向。林未然和展翔没有过成合租的样式，但那些繁花似锦和风生水起也成了过去式，很多时候的话题围着吃什么与喝什么打转。

有一天，林未然喊了展翔三次，他才慢悠悠走出书房跟她去超市。林未然抱怨说，结婚那阵子他们一起跑过那么远的地方看电影，现在超市就在他们家附近，步行不超过十分钟，饭后一溜达的事儿，去买张碟片他都懒得去，这日子过得真没劲。展翔才不检讨自己，他说："男人就是视觉动物，视觉疲劳了，心气可不就降低了，心气一降低，那激情就少了呀。"

展翔又带了一个"呀"字，这回的语调却是让林未然的心底有点慌，同苏浩那些一地鸡毛的日子哗一下就摆开在眼前，或者，同谁过都抹不开这繁琐而又平淡的生活。这样想着的时候，林未然忽然觉得生活暗了很多，或者本来就是一种色彩，说五颜六色的都是屁话。

林未然一转身说："走，回家去。超市没兴趣逛了。"展翔却继续教导她说："人生如戏，那一般就不是太平的人生，戏如人生，那戏就不会太好看。最好是：人生就是人生，戏就是戏，还是分开了好。天天唱戏，搁谁谁也累。"

4

林未然总觉得生命在于折腾，这折腾就赶着她来了。某一天清晨，她的身体不是自己的了，她的胳膊和腿全都不听自己的使唤，她好不容易站起来原地就栽了下去……她使着全身的力气去拿衣服，却连衣领也捏不住，身体纸片一样，成了假的，所有的力气都消失了。

展翔被她的喊声吓了一跳，冲进来的时候嘴角还有牙膏渍。他抱着她去医院，她从来不知道他有那么大的力气，从五楼到一楼，几乎是一口气冲下去的。转了好几家医院，林未然还是坐在轮椅上回家来的。这世上还有一种叫作格林巴利综合征的病，她莫名其妙就患上了。她没法自理了，洗脸刷牙吃饭走路，每一个动作都需要人帮助。从医院回家来的路上，林未然把命运想到了最坏，她说："离婚吧。"展翔不答她的话，请了长假，每天守着她，给她喂药，梳头发，洗脸，洗脚，扶她慢慢地学习走路……林未然的情绪开始平静，当你跌倒，一个你深爱的男人愿意不离不弃地陪着你，你为什么要怀疑他？推开他？她配合他和医生，吃药，康复训练，可是，半年过去了，病情就那样不好不坏，仿佛要永远这样。她发脾气，闹情绪，不吃饭，不理他，她着急的时候就请求他把她扔到荒野里，任她自生自灭去。

展翔瘦了下来，这样的折腾不瘦才怪。林未然看着他的脸就会觉得心里针扎似的疼，她从来没觉得自己这样爱过一个人，爱得自己的心都仿佛一夕老去。苍老后的林未然开始反思自己的人生，忽然懂得了，爱情不是活色生香的折子戏，说到底就是厮守和同眠，你愿意和一个人在一起，吃饭，睡觉，一辈子都不厌烦，这就是爱情，就是好的婚姻。她悟到了，却已经无能为力，她连吃饭、睡觉都不能自己来，还谈怎样的爱情。

展翔的单位几次三番打来电话问他何时能回去上班，林未然看着展翔皱着的眉头，心里就有说不清的东西涌上来。她想做个聪明的女人，在这么大的事情面前，勇敢地对他说："亲爱的，我需要你。"她那么渴望以最快的速度好起来，跟他好好地过一辈子，而不是别过脸去把他赶走，可是，他愿意一直拉她一把吗？

他不愿意，就在这个下午，他把她一个人留在客厅，不声不响地出去了。这在以前，他定是不舍得，即使不得不出去一小会儿，也会让她喝了水上了厕所，确保在他回来之前，她不需要做任何事情。一个小时，两个小时，天黑了的时候，他才回来。那时候，林未然已经连人带轮椅挪进卫生间了。他跑过来扶她，她把他推开，狠狠地，带着委屈和恨意。他却拍着手地笑，他说："傻丫头，你好了，你都有力气推我了呀。"这是他第三次听到他的句子里带着"呀"字，这欣喜让她几乎发狂，她忘了他一个下午的遗弃，她那么满足这个进步。

她知道展翔是故意的，这故意造成的进步让她一下子有了百倍的力量：她能自己刷牙了，洗脸了，吃饭了……每天都有惊喜出现，她变了一个人，失去之后的艰辛让现在的她连看到太阳出现都能觉得幸福肆意。她说很多事可以自己来，展翔不坚持，却是不远不近地在她身后站着，时刻准备着扶她一把。

有那么一天，她就忽然地转身，一步步走向他，他站在原地，张着臂膀，接了两人满脸的泪水。

5

她彻底地好了。

这一场病仿佛一场雨，那些惊心动魄和劫后余生过去了就过去了，日子很快又是一如既往。他们还是会吵架，只是吵架的时候，她也是幸福的。她开始懂得"哲人无忧，智者常乐"，并不是因为所爱的一切她都拥有了，而是所拥有的一切她都爱。春花秋月，都是人生的风景，每一种都有别样的美好。

她有时候会想起苏浩，那时候，他们还都太年轻，不懂得经营。婚姻的杀手其实不是外遇，不是时间，而是他们都没有给爱情一个表现的机会，或者生活太平淡了，总是害怕波澜不惊地走到最后。可是，经历过什么之后，你才会知道，你愿意白天晚上见到的那个人，喜欢在一起吃一碗面，愿意睡在一张床上，这已经是好的爱情了呀。

第三日　谁的婚姻不出轨

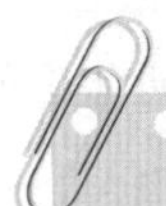

身在这尘世里，已然深陷，谁都无法做到背弃和遗忘。

1

周末，魏平凡回家来吐得一塌糊涂，这是这周里第四次醉酒。经济危机，他的工厂也受了影响，出差，应酬，人比以前辛苦几倍。梅萍递水捶背，又心疼又无力。醉着的他还记得笑着伸过手来拍拍她的头："只要你们娘俩儿幸福，我怎么都值得。"

梅萍心里是一层一层的暖，照顾他睡了觉，收拾着一地残迹。听到他的手机响，随手打开看，一条短信，只有一个问号，再看收件箱、发件箱，全都是空的。看着睡得孩子似的他，顿觉手脚冰凉：出轨这种事，到底也是赶着时髦一样赶上了吗？

犹豫很久，还是回了短信，一来一往地就弄了个明白，是魏平凡的客户，从谈判桌到床上，已不是一时半日的情意。夜顿时变了样子，黑而厚重。她立在地上，半晌不能呼吸，年少春衫薄，他们恋爱八年才结的婚，她以为他们的爱情，像一朵蔷薇开到最美的时候，不会有背叛和离弃，没想到他的脚步走得这样快。

铁了心离婚。梅萍当夜便起草了离婚协议，想着那些过去的或苦或甜的日子，哭一场，再哭一场。天一明，逼着他签字办手续，那边厢是死活不同意，协议书看都不看就撕了个粉碎，缠着说尽了好话，梅萍心还是冷的。翻来覆去铁了心地离，魏平凡索性拿起包就走人。

然后便是他铺天盖地的短信，他说：“第一次拉手，第一次接吻，我们都在一起，什么都是第一次，你舍得扔下我？”他说：“我的心从来没有离开过你和孩子，我只求给我一次机会好不好？”梅萍有时看了删了，有时索性不去看。一个人闷着头找房子，计划着离了婚的日子，偏巧父亲出了车祸，魏平凡第一时间赶回了老家，鞍前马后地照顾了一个月，厂子里的生意都搁着。母亲打来电话，说几世修得的福气，邻里亲戚都说这女婿比儿子还尽心，她敷衍着，死活再开不了口。这一个月里，女儿是最想她爸的人，每天放了学第一件事情就是摸起电话拨魏平凡的号码，父女俩电话里一聊就是半小时。看着女儿欢天喜地的脸，梅萍的心起起落落，眼前慢慢就没了路，进与退都不得，嘴巴上生生地起了一圈水疱。

去银行还房贷的时候，想着这十年来两人拥有的一切。老人，房产，孩子，共同的社交圈子，数不清的甘苦回忆……想着有谁能肯定下一个会比这个更好，那些有过的和爱有关的日子，真的就能有人再来陪着自己走一遭？

这样想着的时候，人就越发不肯定了。

2

魏平凡回来时已是一个月后，人瘦了一圈，两个人竟是不知道该说什么。很久，她说：“谢谢你。”他的眼里就有潮气浮上来，说：“你跟我这么客气了？”

其实是试着重新生活的，丝毫不再提那件事情，几次他想说也被梅萍轻描淡写地堵回去。但是她自己知道，这一辈子，心里都有个魔障过不去了，那件事情就像一把凌厉的剑，不知何时就会出鞘，冷不丁地戳她一下。

九月，韩晓枫打来电话，说来梅萍的城市。他们有十几年没见，这名字和那个人却是始终记得的。年少时候，曾有过小小的欢喜，升学的分水岭一隔，一别两宽，再没有故事。于是见了，她知道自己看在他眼里都是好：白领，30岁眼角还没皱纹，女儿很乖，老公很爱自己，几个小时里打三次电话问是不是需要接，可是，再好的理由也挡不住内心的苦和伤，到底是醉了，缠着他问：世界上是不是有爱情这东西？问的时候先是笑着，然后笑出了一脸的泪。韩晓枫不说话，取了纸巾一张张递给她。他的手握过来，手心里全是暖。

店里的植物青翠欲滴，她看着他，就越发怀念十几年前的自己，信奉爱情如同生命一样，把手交给一个男人，毫无犹豫，安心妥帖。说到底，魏平凡给了她重重一击，生活跌宕起伏，前一刻信心百倍，后一刻又是身心疲惫，像是没有了舵的船，摸不到深与浅。

韩晓枫送她回家，出租车里，倚着他的肩，因为酒醉，也因为贪恋这陌生的踏实感觉。她只记得他说："你要好好的，不然我会不安心，会挂念你。"她相信他的话，最起码这一刻一定是真的。

回了家，躲在浴室里，镜子里是自己不再紧实的身体，生产时腹部的刀疤更是丑陋无比，一拳打过去，便是一张哭着的脸。魏平凡在门外急急地敲门，梅萍不想出一声。玻璃被捣碎了，他撞开门进来，脸苍白，看着梅萍一手的血，他说："你偏放不下，这日子还能过吗？"她盯着他问："你撑不到最后，早十年干吗去了？"一字一句，一地碎片。

他们再也回不去了。这，她和他都知道，千真万确。

3

韩晓枫成了生活里的暖阳。他的婚姻同梅萍一样纠结。他说："她嫁给我的时候是我最落魄的时候，情与理都离开不得，只能忍着。"这样的忍着，两个人倒成了彼此的宽慰。

邮箱里总有他的信，他写这信费了平日里两倍的时间，用五笔输入法打的，得仔细看看是不是不一样。她就真的认真看过去，翻来覆去却就是这一行，知道他是逗她开心，如同她QQ签名上一有变化，他就会第一时间回应。感冒了，嗓子咳得像是着了火——他竟然出现在她办公楼下，借口出差经过她的城市，给她送了药。两个小时后，她故意打他的座机，他已经在他的办公室，这两个小时，便是从他到她的距离。

日子一天天滑过去，魏平凡的补偿的刻意的好让心慢慢沉下来，那件事情还是一根刺，却已不是如鲠在喉，偶尔的疼已经是在心里，即使不小心碰到，韩晓枫的妥帖，也让那疼就变淡了。

日子却不是期望的太平。在魏平凡的手机里再次看到那个名字，才知道自己高估了他的自制力，这一次梅萍竟是没哭没闹，自己插了电暖热水袋，捧着坐在沙发上一动不动地看了一晚上电视。隔天，韩晓枫的电话打过来，泪才像绝了堤的湖，委屈地哭个不停。他在那端干着急，听着他挂电话，关机。两个小时后，他冲进办公室来，生生吓她一跳：“傻丫头啊，你吓死我了。”

心里忽然就不那么紧成一团了，是伤害总是如此，人慢慢就有了免疫力，还是韩晓枫的担心让她添了暖意而不想探究。

公休，她慌慌地逃出这个城市挑了泰国旅游的路线，魏平凡送她去机场，两人一路都是再简单不过的对话，他问：“钱带够了吗？注意安全。”她说：“都很好，你在家辛苦了。”回味着两个人的对话，都是一心的苦，这样的客气与疏离，已经太久了。

4

飞机是最后一批抵达泰国的航班，暴乱，机场封闭，这个城市没有给她展示出热烈的欢迎姿态。他们的旅游团像终结者一样，每一个景点，他们都是最后一批客人，人心惶惶。她打电话给魏平凡，那边也是着急，不停地问：“怎么会这样，那什么时候能回？”语气里已然埋怨她不该选择这一趟惊险之旅，梅萍的心就一点点地沉进冰里。

凌晨两点，房间的电话却丁零零响起来，以为是导游有紧急通知，接起来却是韩晓枫的声音，隔了一个国度，他的声音就有些陌生，她听到他长叹了一口气：“我可找到你了。”天要亮的时候才挂断电话，他说：“关键时刻只带着护照就好，记得寻求大使馆的帮助，国家有航班去接机，不要担心。”他一句一句说着，她的泪就一层一层浮上来，想着他不经意说的那一句“我这些年学的可怜的英语，好像都为了这一次找你”。

不知道他是怎么找到的，因为他不肯说，但是从旅行社，到导游，再到宾馆，一定是费了不少的周折。

回国的时候是韩晓枫来接的，他竟然查到了她乘坐的航班，开了四小时的车来到机场。腊月里的天气，人来人往的机场，他张开怀抱，这一双臂膀在此时让梅萍觉得天地温煦，对着他，哭一场，笑一场。

已是夜晚，他带着她去宾馆，出租车里，再愚钝的人都知道会发生些什么。手被他紧紧握着，婚戒硌得梅萍的手指生疼，低头看看。心里有一刹那是慌的，心却做不了身体的主，跟着他，由着他一路走，不问去处也不问归途。某一时，想着就这样走下去，直到死，也好。下了车，宾馆里的店员招呼先生太太，她不敢抬头看，觉得每个人的脸上都有着格外的笑意。房间内的窗帘是拉着的，屋内是黑幕一般的黑，韩晓枫没有开灯，她也没有，她怕他尴尬，他怕她逃开，就这样面对面站着。他的气息扑过来，她从来不知道一个男人可以有这样清新柔软的味道。他的手扶上腰来的时候，她在一瞬间便感觉到他掌心的湿热，除了魏平凡，他是唯一这么近距离倚靠着的男人。

想到魏平凡的时候，心下一沉，往前一步便是万劫不复。她相信韩晓枫也感觉到了，有些犹豫。事实上，他们从进来房间后便没有预想的热烈，气氛始终是淡淡的，还有些尴尬。有些人，终究不能成为爱人，因为未曾有合适的时间和地点。况且，她一直以为他们是各自婚姻里最后的希望，只要彼此在，就足以温暖婚姻里的冷。这一夜后，他或者她，都不再会是原来的模样了。

他说："对不起。"真正的爱是节制的，她和他，身在这尘世里，已然深陷，谁都无法做到背弃和遗忘。犹豫了一下，他们吻在一起。这一吻很长，有柔软，有温暖，还夹了绝望与祭奠。

5

灯依然暗着，他们只能听到彼此的呼吸，手机调成了静音，不停地闪烁，短信一条接一条地跳出来，还没看完，便接到了魏平凡的电话，他说："我一直在机场等着你回来。"她同魏平凡约了见面的地点，走出房间的时候，再次转身抱了抱韩晓枫。没人说再见，即使他们都明白，很多情都在这一刻成了过去。

魏平凡在机场应该是看到了她。或者，还是爱的吧，所以，给对方留了回头的余地。已是新年，到处都是艳的。街上却飘着一首沧桑的歌："但愿你还记得，永远地记着，我们曾经拥有，闪亮的日子。"

女儿还在家等待着，等她的爸爸，她的妈妈。

第四日　我不是非你不可

婚姻这东西真可怜，你把它当天大的事，它某一天塌下来，那就是天大的悲伤。

谁的婚姻不是千疮百孔

丈夫苏新已经三天没有回家，阳台上挂着他的衬衣和袜子，卫生间有他的牙刷和毛巾，家里到处都是他的味道。最重要的是，他的女人杨落已经怀孕九个月，每天半夜都要起来坐坐才能继续入睡。而他，失了踪。

三天后回来的苏新带给杨落一个炸弹，他说："我不爱你了，本来再也不想回来了，但是她要我回来陪你。"惊了一地。她一直以为苏新在为她和这个家忙碌操劳，所以总是凌晨两三点回来或者不回来，强烈的怀孕反应占去了她大量的时间，她承认对他不够关心。可是，他们曾经那么相爱，她从来都以为背叛是别人家上演的故事。

晴天霹雳，也不过如此。他还在继续往她身上捅刀子，他说他很爱那个女人，胜过爱她，这几天一直和她在一起。那个女人很善良，知道她怀孕，要他回家来。她想自己是疯了，拳头没头没脑地打在他身上，九个月，她在孕吐中不停地受折磨，一心一意地把那个未谋面的孩子当作爱的结晶，设想着以后种种幸福生活。而他，早已魂游八千里，身心都出了轨。十分钟后，隔壁已经睡了的公公婆婆也被她的痛哭吵醒了，从小到大未打过他的公公给了他重重的一巴掌，婆婆连哭带闹，家里这一晚上一团糟，而陈落因为过度气愤，动了胎气。

有太阳的日子总是给人希望，躺在医院里保胎，婆婆一直忙前忙后地照料，公公为此还绝食了两天，苏新也来了医院，向她保证和那个女孩已经分手了。她从最初的愤怒中冷静下来，开始帮他找可以被原谅的理由，怀孕期间她对他的关心太少，从怀孕后她没有工作，家庭的压力都在他一人身上，等等。其实只有她自己知道，最最压在心底的原因是她自小没有了父亲，生活有多酸涩，母亲就有多苦，她不想她未出世的宝宝面临这些。

日子好像只是打了个结，看起来没有什么变化。只有她知道，完好的树被虫子蛀得千疮百孔，到底是不一样了。可是，谁的婚姻不是千疮百孔过来的，只是有人看得见，有人看不见。

2 死也不离

她在医院待了三天，他陪了她四个小时，其中两个小时在不停地发信息，一个小时出去接电话，一个小时在走廊里吸烟。

那天晚上，他们有过一次谈话，她说：“我不在乎你这次犯的错误，我要的是你，是一个能给孩子完整的家的人。”他的话却击毁了她最后一点幻想，他说：“我的心已经不在了，回不来了，现在在一起，只是不想让我爸妈伤心，一切都等你生完孩子再说。”多可笑，原来不是她想象的那样，她还自以为是地给他一个宽宏大量的胸怀，他却根本不需要。那一刻，她是恨的，恨自己不能留住他的心，她死命地握着他的手，仿佛要把他的肉攥进她的身体里。她一直在哭，那种只有绝望的人才能发出来的哭泣声，连她自己都吓了一跳。

他开始时还是呆呆地坐着，没有丝毫的动作，她握着他的手就仿佛握着一截木头。半晌，他终于看不下去了，他把手抬过来，抚着她的头发安慰她。她问他："你还要她吗？还要宝宝吗？"他愣了一下，拍了拍她的手说："不要乱想，我今天有朋友出了点事情，需要她帮忙，我和她已经不联系了。"什么样的朋友可以让他这样的魂不守舍？她只剩下了心里的凉，可是他愿意解释就说明他还是在意她的。他说在她这儿感觉不到自己像个男人，她对他像对孩子一样照顾，除了挣钱什么都不需要他忙活，但是，他还是觉得累，家庭的责任让他很累。不是那个女人多好，只是他和她在一起的时候很轻松。是啊，不需要负责任的爱，带给人更多的一定是轻松。

女人本就不聪明，何况身在爱情的局中，她知道自己也一样。她以为，他不过是像个上学上累了的孩子，休息一下，一定会回来。毕竟他们还有着八年的情意，他怎么可能就为了一个女孩子，不要她和宝宝了呢？她早已忘记了，前一秒钟，她想告诉他，如果他不珍惜她，她要离开他；后一秒钟，她只记得，她离不开他。

出了院回家来，他为了公婆，最初几天还能够按时回家。只是，吃完饭便会泡在书房里，抽烟，上网，发信息。她很想和他聊聊，可是，推开门，一屋子的烟雾缭绕中，他拿着手机正忙着，脸上的表情是她很久不见的温柔，幸福。她立时被棍打一般，呆在原地。一切，不是她想象的那样简单。

这一晚，对她说是无眠的。怀孕九个月，他做了这样的事情，仿佛握着一把刀，在她的身体上划了一道又一道，她疼得百转千回，他却无动于衷还准备着时不时再撒一把盐，这样的婚姻，对她还有什么意义？开始有恨缠上来，孩子都快出生了，他把她逼到角落里做这样两难的选择题。她已经决定原谅，他却根本不想改正，不如离婚。这样想着，就开始计划着她离婚后的生活：孩子怎么办？她自己能否养活她？她的生活又是什么样子的，再难，总好过婚姻内这样的纠结吧？可是，下一刻，宝宝的小脚丫滑过她的肚子，她感觉到这个小生命这么真实地存在，心里又换了念头：凭什么离婚？凭什么舍弃她现在优越的生活？为什么要让宝宝生下来就没有爸爸？凭什么要把自己八年的感情拱手让给别人？她已经过了八年，人生中还能有多少八年？那个女孩子又能等得起几个八年？她要为捍卫自己的婚姻和家庭，打一场持久战。

这样想着的时候，他的晚归她忍了，他半夜发短信她也当作熟睡了，甚至他穿着那个女孩给他买的可笑的卡通内裤躺在她身边她也忍了。她以为他能看到她对他更好，会念及旧情，会觉得愧疚，可是一切都是徒劳。在她的再三要求下，他和她睡在一张床上，但是，仿佛隔着几座山，她不经意碰到他，他一下子就闪开了，不肯面对她睡。她若是忍不住哭了，他会不耐烦地叹息，真的让她感觉到，如果一个男人的心不在了，你怎么都是错，说话是错，抱怨是错，连活着呼吸也是错。

原来他的脚步走得这样快，他们中间已经隔了千山万水的距离。

3 你是为爱而生的，她是为女儿而生

预产期那天，他一清早就洗了澡换了新衬衣出门，打开房门才想起来，回头说：“我今天陪客户去看球，要生了就打个电话给我。”母亲从厨房里冲出来，质问他：“什么样的客户这么重要，都已经是预产期了，还要你陪着去看球？这儿住的不方便，我又不能开车。”他含混不清地解释着，却没有影响迈出门的脚步。她躺在床上，已经无力再对他说些什么，这个男人已经鬼迷了心窍，不要家，不要孩子，

不要老婆了。

那是她妈妈来的第四天，她早已感觉到她和苏新之间出了毛病，却没有想到这样严重，等她一五一十地说了，母亲气得翻来覆去只有一句话：“离婚，等孩子生下来，怎么快你怎么离。这样的日子你也能过？你怎么那么犯贱？”

这一生，母亲没有对她说过这么重的话，这一句“犯贱”，让她心里的委屈不住地滚，这近两个月来的生活，让她已是百般压抑与痛苦，她能撑下来活着，她自己都觉得已是奇迹。母亲大声地冲她嚷：“为什么说你犯贱，还不是因为经历过，所以不想让你走我的老路子，不想让你和我一样辛苦。”

母亲说完愣了片刻，坐在床边上搂住她的肩，说：“妈妈这一辈子是很苦，但是所有的辛苦都比不过没有尊严的生活辛苦。一辈子你能怀几次孕？最需要照顾的时候，他这么伤害你，你爸爸做得那么过分，也没有在那时候让我受委屈。”

心里已是惊涛骇浪。就在她无语反驳母亲的话的那一刻，羊水破了。她没有打电话给他，母亲也没有，坐在出租车里的时候，母亲紧紧地握着她的手给她打气，其实她也不觉得疼，因为没有什么比得过心死去时的痛苦。等他赶到医院的时候，孩子已经吸完氧躺在小床上熟睡，他只看了女儿一眼，在她床前象征性地站了一下，就慌着出去打电话，她听到一句：“你是为了爱而生的，她是为了女儿而生的。”她躺在床上，千山万水走过，她已经如此沧桑。

母亲也听到了，在走廊外狠狠地给了他一巴掌，他没敢反驳什么，屋里屋外，死一般的沉寂。那之后，他没有再来过医院，公公婆婆倒是来过，但是明显没有感觉到得到一个孙女的幸福和快乐，婆婆对母亲说：“要是个男孩子就好了。”言外之意，要是个男孩子，他们就可以为了孩子名正言顺地劝他们的儿子，但是现在是个女儿，连劝他们儿子回头都没有了理由，多么可笑的逻辑。

母亲的话已经让她足够清醒，现实的残酷更是让她理智地回顾她的生活，当它们被理顺，一览无余地展现在她面前的时候，她才看到自己多年的婚姻，其实早已千疮百孔。其实，她的爱已经成为一种惯性，一路执着地滑下去，像个赌红了眼的赌徒，下的筹码越多，就越离不开赌桌。但到了后来，这早已成了对自己的背叛和离弃，眼睛背叛心灵，肉体离弃欲望，只剩下惯性自欺欺人强说着的无力坚持。正如她一直期待他说对不起，等来的却只是她给自己寻找的桎梏。

婚姻这东西真可怜，你把它当天大的事，它某一天塌下来，那就是天大的悲伤。

4 我不是非你不可

女儿出了满月，她把协议书给他签字，犹豫的却是他，问她是否真想好了。有时候命运的戏谑就在于，你一直犹豫不决，等到终于下定决心，已经到了谢幕的时候，而人生，还有机会重新来写。

最难的时候，是妈妈无条件地给她帮助，熬过了最艰难的哺乳期。她找到了一份工作，母亲照看着她的女儿，回家的时候，远远地就能听到她们的笑声。生活似乎开始有了华美的味道，因为尽力，工作给予她的回报是极大的，不过一年的时间，她在单位接连换了三个岗位，职位一升再升，日子每一天都比前一天更好些。

女儿一岁生日，苏新也来了，提了蛋糕，场面看起来很温馨，她笑得很明媚，苏新说她像换了一个人。他不知道，当你面对一个人已淡然无比的时候，只是因为他已是风轻云淡的过去式。走时，他问她，是否还想再为他们的婚姻做些什么努力。她想了想，告诉他："真抱歉，我不是非你不可，你也不是非我不可。"

这，真是一场误会。

第五日　现在，你和爱的人生活在一起吗

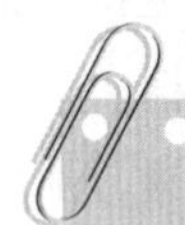

不能和爱的人生活在一起，又怎么能好好过呢？

结婚前三个月

遇见她的时候，他已经被家人逼着相了几十次亲。之所以同意和她在一起，是因为他遇见她后，才知道竟然还有比他更倒霉的人。

他只是失了恋，谈了十一年恋爱的女友罗美和一个海归双宿双飞去了。而她，却是在新婚的前一天做了落跑新娘，因为她很不幸地发现了准丈夫和她的闺蜜暗度陈仓。

虽然没举行婚礼，但是，媒人在介绍她的时候，已经给她冠上了“离异”的标签，她的身价顿时降了，所以初次见面时，她的眼里没有那些女孩的犀利，她不问他工资、房子和车子。但是，他很直率。他说：“我没有房子。”她说：“我有。”他说：“我没有车子。”她说：“如果需要的话，我们的钱加起来或者可以付个首付。”

其实，他同每一个相亲对象都是这样说，只有她，给了不一样的回答。仅是第一次见面，他们仿佛已经谈婚论嫁了。

他跟妈妈说了她的情况，妈妈说：“只要有人愿意跟着你，我没

意见。”他那段时间抽烟酗酒，不相信爱情，心底全是黑暗，已经狼狈无比了。但是她不同，虽然她顶着离异的名头，但是她漂亮的眉眼里看不到失意，而且，她还有着高级注册会计师的头衔，怎么想，她跟着他都有点亏。

他们不咸不淡地逛了几次公园，看了几场电影，有时候她请客，有时候他掏钱。后来，他便提到了结婚。她说："好啊，回头选个时间吧。"

2 结婚第一年

三个月后，他们便结婚了。他觉得无非是搭伙过日子，他的心已经被伤得不相信爱情了。他估计她也一样，因为她和他一样低调，他们的婚礼更像是几个好朋友在一起聚了一次餐。

临结婚的时候，她问他什么时候搬到她的房子里住，语气也是淡淡的。抽了个星期天，她帮他把他的衣物和生活用品搬了过去，似乎是再自然不过的事情。同事们说他捡了个现成的便宜，他懒得辩解。她在旁边听到了，说："夫妻啊，我的就是他的。"

他们一起做饭，一起散步，相拥而眠，她有时候发短信让他捎点青菜回家，有时候打电话告诉他炖了他爱吃的山药猪蹄，日子过得和其他烟火夫妻没什么区别。

星期日的清晨，他会躺在床上，惺忪着眼看她挽着发髻在房子里忙来忙去的样子，觉得这样的生活也不错，只是罗美的名字还会不时地在他心底动两下，依然有些疼……

他知道，这样的日子和日子里的她，都不是他想要的。他想她也一样，因为她从来不跟他撒娇，不和他发脾气，即使他喝醉了酒，喊了一整夜罗美的名字，她也不责怪他。

他想，她这样的淡，是因为他也不是她想要的。

新婚后偶尔的一天，她给他看报纸上的一篇文章，题目是：现在，你和爱的人生活在一起吗？

这话平常得很，但是撕扯得他心生疼。他们生活在一起，可是，他们却不是彼此爱的人。他没有去看那文章，只觉那作者的名字很特别：一一。

3 结婚第二年

这一年的纸婚纪念日，他忘得干干净净。吃饭的时候，她拿了份礼物给他，他拆开来看，只是一把精致的卷尺。她拉开卷尺，比画着告诉他："我们今年 28 岁了，如果我们能活到 75 岁，你看，只有这么短短的一截。所以，我们要好好地过。"

他笑，看着那短短的一段距离，想着以后漫长的一生，心里荒凉得要命。不能和爱的人生活在一起，又怎么能好好过呢？

周围的人下海的下海，升职的升职，他的一颗心也搅来搅去不得安生。其实他很虚荣，他有时候都瞧不起自己那点虚荣，他不是因为上进，而是他始终忘不了罗美走的时候说的话。她说："你输就输在没钱上。"这话成了他的伤。

他想了很多次，夜里也失眠，想着怎样跟她开口，辞掉他那个撑不死饿不着的工作。他辗转了几夜，直到有天夜半被她叫起来。她说："既是夫妻，有话敞开来说吧，别折腾自己了……"她脸上竟是他从未见过的表情，很有些决绝的样子。

嗫嚅了半天，他终于对她开了口。她呆了片刻，竟然长舒了一口气，笑了。

她起身拿了他们的存折给他，这存折说是他们的，其实大部分是她的。从结婚以来，他给她的钱少之又少。他这才想起来，她也从来没向他要过钱，他给，她就顺理成章地接着；他不给，她也从未说过什么。

除了她之外，他们都以为他受刺激了，这种铁饭碗的职业很多人求都求不来，她竟然这样地纵容他。他妈听说了也跑来问罪，她在厨房里跟妈妈唠叨，他在屋外听见她说："妈，他在单位其实很不快乐……"他在厨房门口待了很久，眼睛有些涩，或者她是爱他的，因为所有他身边的人，只有她在意他是不是快乐。

她总是鼓励他，她的眼神那样坚定，让他都觉得要相信自己一定行。策划书是她帮他做的，文案是她指点他起草的，客户的关系梳理也是她在帮他计划，只要有她在，他总是那么踏实。

那段时间她瘦了，他注意到了，问她，她说自己在减肥，说着她竟然哭了，还给了他一个吻，说："你怎么注意到我瘦了？"……其实，不是他细致，是她瘦得太多了。他恍惚想着，或者她是爱他的，可是他对她的依恋，更像是对母亲。

他心里有个结，只是，系下结的不是她。

4 结婚第三年

他妈说她旺夫，其实他觉得是因为她有经商的头脑，才一年，好运就像是砸在他头上，除却本金，他们还有了一笔剩余。他提出买车，她说买就买好的，别的都听他的，买车的事情听她的。他听了她的话，结果她选了一辆沃尔沃。

朋友开玩笑说："罗美要是看到了你小子混到这样子，肯定心里不是滋味。"他没顾上想罗美，他只觉得她太虚荣了，这辆车的价格让他心疼得很。

买车半年后，他出了车祸，在高速路上，那么大的事故，他除了被安全气囊击了一下，毫发无伤。医生说："幸亏车的安全系数高，要不然他此刻不知道在哪儿游魂呢。"

此时他才懂了她的良苦用心。可是，他依然犯了错误，那个美丽的小护士偷偷给了他她的电话。

这时候他们结婚三年了，他变了样子，不像以前那样青涩和颓废，不知根底的女孩子会觉得他算个成功人士。他承认他有一点小小的虚荣，他跟她撒谎说他陪个客户，其实他有些气恼自己，因为他发现他在不停地结巴，说了好久也没表达清楚，倒是她，耐心地听完了他云里雾里的话，说："去吧，少喝酒。"

女孩子把地点选在了必胜客，坐下的时候，他就想以后有时间要带她来这儿吃。想完了，他为这冒出来的念头呆了，抬头的时候，竟然就碰到了她。她还是那样淡的表情，走过来问候了一声，便走了。

小护士说："你一定不爱我，不然这种情况，哪儿有见了老婆还这样冷静的？"真的是这样吗？那顿饭他吃得索然无味，只坐了一会儿他就想回家了。走在回家的路上，他便开始想她为什么会去那个地方，跟谁去的……他的心里乱极了。

5 结婚第四年

日子不疾不徐地过着。他的身边总有女人出没，其实他没理她们，但她们总是在的。最近她不给他煲汤了，他的胃已经习惯了她的照顾，却忽然间被她冷落了。她总说很忙。他想回头，可是，她却开始走神了。

她每天走得总是很早，枕边再也没有她给他准备的衣服，于是，他的粉色衬衣配了淡绿色领带，他的袜子三天都没换，甚至他的剃须刀都不是那么锋利，司机小李常说他最近胡子刮得像是什么动物啃的……而且他的生意不是那么好了，生活似乎一团糟。

直到，他在办公室附近蓝调咖啡堡的橱窗里看到她和那个男人，她笑得很开心，但是那笑容不是给他的。城市那么大，他的心却冷得揪成一团。

他已经很久都没有想罗美了，他的心已经很久没疼了，可是，她又让他体会了心疼的感觉，这个城市的冬天真烦人。

她回家的时候，脸像涂了胭脂似的红，让人一眼就看透她的兴奋。他找碴儿跟她着急，甚至摔了几个杯子，她若无其事地收拾了一地的玻璃。他听见她出门倒垃圾的时候竟然还哼着歌——爱情的力量果真这么大吗？

他又想起她给他看的那篇文章里的那句话：现在，你和你爱的人生活在一起吗？

他觉得这个世界真是乱了套，他们怎么总是感觉不对劲。他躺在床上，头疼得厉害。

6 结婚第五年

他不想去上班了，没有什么比她更重要，他像个孩子似的跟着她转。他拿着她送他的那把卷尺，想着他们才过了这么少之又少的距离，她就已经不想走下去了……

她不在的时候，他偷看她的手机，她把一切做得这样隐秘，什么罪证都没有。他用冰凉的水洗头洗澡，他过马路的时候等待着有什么摩托车之类的同他亲密接触一下——他像个孩子似的，盼着自己发烧或者出次什么意外，只要能让她在他身边。

可是，他发现自己的抵抗力怎么这样好，这个城市的交通秩序怎么那么优良。一切没有改变。除了，除了罗美回来了。

她带着她的海归老公，选在最豪华的索菲特旋转餐厅请他和她吃饭，他说不去，她却把西装领带都给他准备好了，自己换了晚礼服，化了淡妆。她真漂亮，其实，他早就知道她漂亮。

那餐饭吃得他扬眉吐气，罗美的海归男目不转睛地盯着她，餐厅的灯光仿若只照在她的身上，优雅而迷人。上到天文，下到地理，即使说到莎拉·布莱曼的新专辑她都知道，那么张扬的罗美竟然一晚上无话可说。那餐饭最终是他们买的单，四千块。这钱让他有些心疼，他想她比他还虚荣。出了酒店的门，她说："我只是想让你找回你的自信。"

他才不领她的情，他的自信根本不在罗美这儿。他手里有张纸条，那是罗美的联系电话，他把它丢在停车场的角落里了。

现在，他只在意这段时间里，那个让她一笑倾城的男人。他终于开口问了，虽然这完全证实了他在吃醋，可是丢脸地追问情敌，原来也没他想象中那样困难。他说："那个男人是谁？"

他以为她会忏悔一下，结果她却是不停地笑。

7 结婚第五年纪念日

结婚纪念日，她偏去了外地出差。

他一个人开车回家，电台里声音慵懒的女主持人温柔地问着：现在，你和爱的人生活在一起吗？

这句话，如此耳熟。他们都听过的。

可是，她接下来念的故事却是他没听过的：一个女子，高中时便爱慕一个学长，暗恋多年，无奈学长心有所属，从没有留意过角落里的她。多年后，她试着去爱其他男人，但所遇非人，新婚的前一天做了落跑新娘。天可怜见，一个月后，最低谷的她遇到了心底深处从没淡去的男人，她嫁给了他，她幸福地和爱的人生活在一起了，可是，他呢？

主持人说："今天是我们一个听众的结婚五周年纪念日，她委托我们在今天念一下她四年前写的这篇文章，想让我们替她问一问那个男人：现在，你和爱的人生活在一起吗……"

他把车停在了路边。俯在方向盘上，时光如水，在眼前流过。他想幸福地微笑，可是却掉了眼泪。

第六日　幸福大街521号的“钉子户”

君子之交淡如水，男女关系要是混成白开水，那不就完了？

1

沈娅清晨上班的时候，付小辉照例嬉皮笑脸地凑过来问她：“女士，能否赏光送您一程？”她扭身走开了，后背挺得直直的，不屑于回头看他一眼。男人真是个奇怪的动物，她还是他妻子的时候，每次上班都要软硬兼施，才能让他动动贵腿去送她；离了婚，他反而每天都主动了。

沈娅和付小辉的婚姻已经结束三个月了，闺蜜说她的婚离得太草率，她不知道沈娅和付小辉在此之前已经展开了为期一年的拉锯战。婚姻真是个坏东西，会让原本相爱的人变得陌生而残忍。从一年前，沈娅和付小辉便是相看两生厌，沈娅买了一件很拉风的衣服在镜子前美来美去的时候，总能看到他撇着嘴的脸，在沈娅问他自己看起来是不是蛮年轻的时候，他总是很鄙夷地提醒她的生辰年月。他总说沈娅在训斥他把袜子乱扔时的表情一点儿也不像个有风度的白领；在他甘愿上缴他的工资被她剥削时，她的脸像是继母对后儿般的鄙视……这样的争执几乎从床头到床尾，常常让两人对婚姻生活困顿厌倦。

结婚纪念日，沈娅在街头看到一个女孩子以极娇媚的姿势把手挽在付小辉胳膊里，于是很不淑女地冲上去讥讽了一顿。付小辉说沈娅的反应是用超大灭火器浇灭了他的星星之火，让他刚刚燃起的那点暧昧之心立马熄灭了。即使如此，这件事情也成了沈娅心底的刺，时不时冒出来刺沈娅一下。当年结婚时，别人都用“下嫁”形容沈娅的婚姻，她总以为婚后即使走神也应该是自己，哪儿轮得到他，自那次事件后，沈娅同付小辉的关系更是两国交兵般紧张。离婚之前三个月，单位小沈娅三岁的信博开始追求她，她知道时下熟女当道，但是，不知道男人追求女人的花样可以这样繁多，周到而体贴的短信问候，绅士而含蓄的挑逗，让她知道原来 30 岁的女人也可以这样如公主般被珍视。虽是如此，沈娅还是知道聪明的红杏不出墙，即使付小辉堆的这墙实在不怎么样，她也拒绝了信博的 N 次邀请。

但是，按付小辉的话说，世上没有不透风的墙。麻烦是从一条谢瑞麟手链开始的，沈娅只跟对桌的王姐说了一句喜欢，信博便买了来，悄悄地放在沈娅抽屉的一角，她还没来得及还回去，便被付小辉发现了。沈娅没想到付小辉拿着链子跑到商店探了个究竟，用尽了恶毒之词，仿佛她是十恶不赦的潘金莲。又觉得不解恨，赶在沈娅他们开会的时候找到信博，当着很多人把手链扔给他，雄赳赳气昂昂地走了。

回家后免不了一场恶战，付小辉先是认错，后又强硬起来，折腾了一个月，沈娅坚决地提出了离婚。付小辉先是不同意，见沈娅不吃不喝不说话，最终妥协了。婚是离了，可是，谁都没有想到这城市的房价涨得如此离谱，他们买房子的时候一平方米才 5500 元，离婚时已经到了 12000 元了，要房子的人要拿出一半的补偿款给另一方，沈娅是没有那么多钱，付小辉却压根儿不肯买，他说：“我不用买房，我就打算傍一富婆，人家有房有车，免费提供住宿。”

于是，沈娅不得不和这个男人在幸福大街 521 号继续生活下去，当初这房号是他们喜欢的——521，多浪漫！现在倒好，全成了讽刺。

离婚的时候，他们没有告诉双方老人，付小辉本来摆出一副负荆请罪的脸要去千里之外看看沈娅爸妈，用他的话说："归还物品还要有个说法，何况这么大的人，总要有个交代的。"被沈娅抵死拦住了，她想等安顿好了自己，有了"接班人"的时候再说。办了手续，付小辉的妈妈是第一个知道的，哭哭啼啼地跑来劝，被她儿子搂到自己的房间里一顿哄，出来的时候，老太太拉着沈娅的手，一把鼻涕一把泪地说："你爸身体不好，你俩别告诉他，没事就回去看看，装装样子也好，算是妈拜托你了。"老人家说得情真意切，沈娅只有忙不迭地点头。

信博的追求一如既往的热烈，短信、电话轮番轰炸，付小辉本来摆出一副看热闹的脸，之前他便扬言：信博就是个生活乏味，想在他的生活里找点乐子，又不肯让自己伤筋动骨的男人。他说："你想想有什么比找一个成熟妩媚又结了婚，懂得好合好散的女人更划算？"现在的付小辉见识了信博风雨无阻早接晚送，早请示晚汇报的表现后，确实有些出乎意料。某一天的下午，沈娅下班回家后，付小辉正跷着二郎腿坐在客厅的沙发上等她，他说："你离婚的事情是不是没告诉那小子？"沈娅哼了一声，反驳他说："我拿到离婚证后第一个就通知的他。"付小辉脸上一副恨恨的模样，还是摆出一张深情的脸："一夜夫妻百日恩，我只是想提醒你，你想想自己，无才无貌，一把年纪了，人家可是小你 3 岁的未婚男青年。"

沈娅得承认付小辉的话对她产生了影响，当天夜里便失眠了。是的，信博喜欢沈娅什么？一个 30 岁的离异女人，脾气怪异，没有车，不得不和前夫住在一个房子里，一份不稳定的工作……沈娅绞尽脑汁想不出可以让信博追求自己的理由，越想越慌神。再见信博的时候，沈娅便摆出一副恋爱只为结婚状，以为这样会吓走他，信博却分外兴奋，就近买了大把的玫瑰和钻戒，当街便求婚了。犹豫的是沈娅，那戒指最终不敢戴在手上。看着信博年轻的脸，心里却生出许多细密的孔，曾经付小辉随手编的竹草戒指都是那么让沈娅渴望，直至今日还珍藏在柜子的角落里，而现在全无当时的欣喜，除了惶恐，还有下意识的拒绝——到底是爱不动了。回到家，心里还是慌的，玫瑰和钻戒都在手里，付小辉看到了，没有了往日的嬉皮笑脸，挤出来一个无比难看的笑容，回自己的房间去了。

一整夜的失眠，沈娅想信博也没有睡好，因为沈娅在凌晨一点的时候收到了他的短信："结婚后我们怎么住？"

3

持续了几个月的恋情就这样结束了。一来一往的短信，沈娅终于明白，这个小沈娅三岁，来北京城四年的男孩子，渴望着她的房子胜过渴望她，所以她的婚姻出现裂缝的时候，他便适时而现，他说："以我自己的努力想是半辈子也买不起。"看着短信，沈娅才知道，原来30岁时的爱情只是一厢情愿的假象。可是，那些情意绵绵的短信和电话又算什么呢？这样想着，对付小辉便越发恨，从恋爱到离婚，他耗去了她近十年的光阴，那些娇嫩得可以滴出水的年华，她全都耗在他身上，如今却落得这样凄惶，被人爱的资本仅是半套属于她的房子。

头天着了凉，又哭了半夜，早上便觉得头裂了似的疼，试了几次都没能起床。付小辉在门外来回地走了几趟，她听到脚步在门前刻意地停了几次，最终走了。半小时的时间便回来了，带回了她爱吃的几道菜，还有一箱子啤酒，他说："失恋了吧？知道除了我之外的男人不可靠了吧？念在旧情的分上，我决定用刚刚发的薪水请你吃饭，以安慰你受伤的心。"她此时最中意的便是那箱子酒，若在以前，付小辉绝对会让她滴酒不沾，现在却主动地打开递给她。她说："到底不是自己人，不觉得心疼了吧？"这话她是想笑着说的，却兀自哭了。付小辉虎牙一呲，"砰"地又开了一瓶。

于是上午十点钟，沈娅和她的前夫推杯换盏，探讨生活与婚姻的“真谛”。还有半箱子酒的时候，沈娅便醉了，唠叨着说了很多话，关于他们的从前和现在。她说：“那么爱那么爱的日子怎么就没了呢？”沈娅记得付小辉板着脸一本正经地说：“怎么会没呢？就是我们都没看见而已，婚一离，你一不是我的，我立刻就发觉了。”她何尝不是呢，她知道他们都无法轻易地同对方说再见，因为割舍的不是某一个人，而是那些共同经历的岁月。一向酒量甚好的付小辉好像也醉了，他竟然跟着她回了沈娅房间。沈娅想，酒精一定是个坏东西，她曾经发誓再也不许他上她的床，这次却没有拒绝。今天的房间格外冷，而付小辉的肚皮总是热热的。醒来的时候，已是下午四点，沈娅身边还睡着一个男人，睡相一如孩子般贪婪。她盯着他看，光阴很公平，十年，他一样变老了。正唏嘘的时候，这个男人睁开他不那么迷人的小眼睛：“咱复婚吧？”不，沈娅想也没想，便跳下了床。

她越发发觉那箱酒就是付小辉的阴谋，妄图让她失身后答应他复婚的诡计，所以她立刻识破了他。付小辉的回答没有半点遗憾，他说：“我也就是一问，你让我死了心，我就好安心追求世间美景去了。”她发誓之前从没有想到，一个像付小辉这样吊儿郎当、不求上进、三十一二岁的离异男人，会如此抢手。这以后，他果然明目张胆起来，家里的电话成了付小辉的热线，每到八九点钟总有几个女人轮流找他。她抗议了几次后，付小辉干脆在他的房间里扯了一个分机，生活更是流光溢彩起来了。沈娅觉得自己的心里呼啦啦地疼，却只能板了脸装作不理不睬。偶尔她想给朋友打电话，拿起话筒来时，他正在气势汹汹地说：“一把年纪了还穿蓬蓬裙，不打底霜地大把大把往脸上擦粉、不分品种德行地跟男人撒娇，不爱收拾屋子，就是倒追别人也没人要。”沈娅听得火冒三丈，正想冲进去大骂一顿，却听到电话那端的女人哈哈大笑，她说：“你爱她的吧，所以才故意诋毁她，臭男人都这样！”

这个女人告诉了她这样一个道理。

4

付小辉的妈妈来电话，说老爷子病得厉害，要他们回去一趟看看，她慌不迭地收拾衣服，找朋友帮忙买车票。一路上，付小辉像个孩子似的六神无主，却强撑着反过来安慰她——那么长的路，两人的手一直握着。

到了家，老爷子果然躺在床上，气色看起来却不是想象的那么差，这更是让沈娅害怕了——她听妈妈说这是老人回光返照的表现，想着公公的那些好，泪就止不住了。公公把她叫到床边说："我就想今年抱上孙子，强撑着一口气，就等着你点头呢。"沈娅和付小辉忙不迭地答应，老头子转而坐了起来，说："俩小兔崽子，还不去把手续办了去。"

两人屁颠颠地出了家门，看他一脸坏笑，她问他："以后咱还折腾吗？"他小眼一瞪说："君子之交淡如水，男女关系要是混成白开水，那不就完了？"转而想起了什么，又一本正经地说："不过，你一定记住，如果哪一天，我说离婚，你可不能相信，因为那一定是骗你的。"

其实，这话沈娅也想说。

第七日　让我再爱你一次

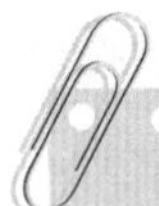

我只有选择忘记，才会和爱人在一起，没有芥蒂。

1 一辈子的承诺抵不过现实的薄凉

结婚第三年，他和妻子海媚去参加同学聚会。那晚，他喝醉了酒，海媚开车载他回家，技术还不娴熟的她，在街角的十字路口同对面高速行驶过来的一辆卡车发生碰撞……一声巨响之后，就陷入了黑色而沉寂的世界。

他苏醒过来的时候，海媚还在重症监护室，医生说很可能会是持续性植物人状态，除非奇迹出现，否则永远都不会醒来。

他以为自己是在做一场充满悲剧色彩的梦，可是，心明明是疼的，医院的走廊里明明很多人来来往往，哪能是梦呢？隔着重症室的玻璃，他看着海媚像个孩子一样睡得安稳。几天前他们还说要生一个白白胖胖的宝宝，一个劲儿地朝着一生一世向往，期待着几十年之后，像街头牵手散步的白发伴侣一样淡然地老去，她怎么就可以成为植物人了呢？

兵荒马乱，他的世界全乱了。海媚的母亲看他的眼神里有着难以言说的内容，她说：“子恒，你多陪陪她。”

他点点头。即使她不说，他也会陪在海媚的身边。他们恋爱六年，结婚三年，说过不离不弃的。刚结婚的时候，他们还很贫穷，租住的楼房着了火，他出不来，消防员还没赶到。她在单位赶回家来，在楼下疯狂地喊他的名字，一路寻上来，咬着牙拉着他冲了出去。那场火灾死了十七人，而他和她却幸免于难。那样的时候她都不会丢了他，而现在，她只是不能说话不能动了，他又怎么会离开呢。

他请了长假，每天在她的身边，陪她说话，他甚至学会了一个人说话一个人听：他自己说一句，再模仿着她的语气说一句，一直说一直说，直说到自己和周围的人脸上全都是湿的。

可是，她始终没有反应，即使他说了那么多他们过去的故事，她的身体还是凉凉的，她的眼睛仍然闭着。电视剧上那种动动手指、流下眼泪的剧情，真的只是剧情而已。

日子一天天过去了，他们两家人轮番照顾她，没有出现任何的奇迹，而他每天奔波在单位和病房间已经消瘦无比。九年的华美，半年的愁苦，他恐惧地发现，他已经想着逃离。爸妈也说，这么年轻的男人，于情于理别人都会原谅，还有大半的人生哪能就这样荒了去？这话，他们在海媚的母亲前也说过，老人沉默着，脸上看不出任何表情。

结婚第四年的纪念日，他在病房的走廊上看到情侣模样的男生女生。女生说：“都是我不好，害你整天奔波。”男生说：“只要你能好起来，怎么累都值得。”

他的心里稀里哗啦地响成一片，他多希望他和海媚也能有这样的对白——他说：“海媚，都怪我，喝了那么多的酒。”而她会弄乱他额前的头发，说：“傻家伙，一切会好起来的！”可是，这却是再虚空不过的幻想，她听不到他的歉疚，更无法说一句话，甚至不知道他虽与她隔了一米之远，却是咫尺天涯。

四年是丝婚，人家说它是珍贵的丝，不易得，可是再珍贵的丝也是脆弱的。这一晚，他一个人坐在屋里，抽了一夜的烟，终于承认自己是自私的。他以为他能陪着她走，并且一直走，到底抵不过现实的薄凉。

海媚，这个他曾经最爱的女人，他要跟她离婚了。

2 你是前尘，却挡了他今生

离婚的前一晚，他第一次给他的岳母洗脚。因为操劳，她的脚背有些肿了，她有些不好意思，他却执意要做，仿佛这样可以抚慰他的愧疚。

他沉默着流泪。她说："孩子，我不怪你。"

她早已洞悉他想逃离的想法，却给予了包容和理解。

他在心里说了一万遍的对不起，其实他很恨自己，那么久的情分，怎么就说丢就丢呢？

可他到底还是离开了，没有人有过多的惊讶。很多人说，30岁，如玉似锦的年华，到底不能继续过那种被拖累得暗淡无华的生活。

之后两三个月的时间，他已开始如往常一样跑业务、见客户，跟他们去钱柜疯玩疯唱，然后把精疲力竭的自己扔在床上。可是，这样累，海媚还在他心里，像根刺一样扎着他。他像九连环一样被套牢，无论如何解不开，可是他知道，心里再黯淡，表面也要环佩叮当，生活似乎又恢复了往日的光鲜。

才不过半年的时间，便有人给他介绍女孩子，她们在见他之前便知道他有房子有车，过着还算小康的生活。还没谈爱情，她们便已经开始权衡与他的婚姻的利弊，这让他更加思念海媚……

与海媚相识的时候，她还是白衣蓝裙的小女生，因为爱便爱了，跟他的前几年吃了无数的苦。那些纯白的过往，除了她没有人再能给他。离开她之后，他才知道，没有她，生活就是那么一回事，吃饭、上班、回家。于是，他不接受，也不拒绝，看着那些女孩子在他生命里陆陆续续地离开。

夜里他常常失眠，他不敢去文化东路的医院，甚至车子朝着那个方向驶去，他都会战栗不已。他有一次在路边看到了他曾经的岳母，她倚在电线杆上等红灯，白发在风中舞得让人心疼，他甚至没有等到信号灯转换，逃也似的把车开走了。

他去酒吧里喝酒。躲在角落里，把喝光的空瓶子东倒西歪地摊一桌子，然后孩子似的哭泣。在这种地方，即使醉了，即使痛哭流涕，也没有人会觉得惊奇。可是，即使醉了，他依然不能忘记她……

海媚说："老公，你不是说我们要过一辈子吗？"

是的，他说过。可是他到底做不到，做不到守着一个日日不能思想、不能对话的女人，做不到放弃繁华纷杂的生活下班后一心一意地去照顾她，做不到在寂寞的黑夜里靠着烟和酒傻瓜一样期待天明……

可是，他也做不到忘了她。

他们说，如果你想忘记一个人，你就要用尽全身力气眨一下眼睛，这个人便会从你脑中消失。他离开了家乡，去了另一个陌生的城市。他每天眨很多次眼睛，但是，海媚却越来越清晰地出现在他的记忆里。

失忆，原来也可以选择

夜深人静的时候，回忆像疯长的草，每回忆一次，内疚就长一寸，那些不停交织着的内疚，让海媚时时活在他的生活里。

半年过去了，他终于决定回到他的城市——和海媚共同的城市。

他偷偷去了医院，但那张病床上躺着的竟是个男人，他甚至没有勇气问一下值班的医生，逃也似的奔出去。走在人潮汹涌的街头，他泪流满面，他想，自己已经永远失去她了。

可是，三天后，他在银广的超市里，看到海媚的背影。

他跟在她的身后，失控而踉跄。她弯腰的样子，低头的神态，不经意的眼神——他发誓他并没有看错——是她，他曾经的妻子，他的海媚。他在嘈杂的人群里对着她的背影喊，喊她的名字，喊得泪流满面，喊得超市里的人都停下来看他。

她转过头来也看他，可是她说："先生，你认错人了吧，我不是海媚，我叫丁婉容。"他呆立着，喉咙里再不能发出任何声音。这世界上怎么会有这样相像的人，相像到连眉心的痣都是一样的？可是，她怎么叫丁婉容，怎么会不认识他？

他每天在她的家门前等，她一个人住在水屯路的某个开满芙蓉花的小区里，在一家企业做职员，早上八点离开，下午五点半回家，周末会抽出一天时间去福利院看看那些孤单的孩子。她房间的灯光总在十二点之前熄灭，她记得自己读过的学校、做过的工作、短暂的初恋，甚至知道自己离过婚……可是，她已经记不起婚姻里的男人是谁，长着怎样的眉眼。

他半信半疑地去医院咨询，大夫说："这是典型的选择性失忆的症状，病人会潜意识里把最痛苦的一段经历忘记。"

他几乎是跳着走出医院的，巨大的欢喜像在心里开了花，原来这真的是他的海媚、他的得了失忆症的海媚。

4 那些前尘旧事，原来她都记得

他决定重新追求她。她终于肯答应他的约会，他们恋爱了，他陪着她走遍了他们恋爱时的地方，他买了一台极好的DVD，陪她一起看那些看过的碟片。他确定她已经记不得他，因为这些相同的场景没有催醒她的任何记忆。他给她的感觉都像是第一次，第一封情书，第一次的吻,第一次的欢愉……是的,在那个夜晚,在那样久的疏离之后,他终于可以和她相拥而眠，辗转缠绵之后，他趴在她的胸口上流尽了他这两年的泪。

就是这天晚上，她终于肯答应嫁给他了。她紧紧搂着他说："你要答应我，一辈子不分开。"他的脸还在她的身体上，他的泪又一次爬上来。她纵使忘了他，忘了前尘，给他的还是一颗最初的爱人的心……那年，也是这样的场景，她说了同样的话，他开玩笑说那可不一定，她追着打他，笑声无比的清脆。而此时，她再把这样的一颗心交给他的时候，他捧在掌心里，只剩下了怜惜和珍重。

他说："海媚，我们一辈子不分开！"她皱着眉说："叫我婉容。"好的，她不知道，无论她是海媚还是婉容，这个女人只要是她，便是上苍再给他的恩赐。

他们再次结婚了，只请了几个熟悉的朋友，他怕他们会说得漏洞百出，于是提前打了电话一句一句地嘱咐着，到处都是叹息和讶异。

他们的婚礼，她执意选在教堂里举行，一片纯洁的白色。牧师问："陈子恒，无论生老病死，无论贫富贵贱，你都愿意与丁婉容小姐不离不弃吗？"

他哽咽说："我愿意，我以生命保证，我愿意！"

海媚终于又成了他的妻子，日子是怎样华美啊。每个清晨醒来，天都是蓝的；每个黄昏，他总是第一个跑出办公室，那么迫切地想着早一点看到她；他喜欢背着她爬五层的楼梯；他在阳台上种满了花儿；他陪着她在厨房里啰啰嗦嗦地说个不停；他在夜里把她搂在怀里，到胳膊发麻也不舍得放开……想着把那些逝去的时光全都补回来。

有一次，他问海媚还记着失去的婚姻吗。她想了半天，只说头疼，一点也想不起来。她的眼神干净而无辜，让他心疼……定然是将她伤得千疮百孔，她才能这样干净利落地遗忘了。睡不着的夜里，他会转头看她。她在他枕边，即使深睡了，脸上都是甜美的笑，这时候，恐惧会一层层漫上来……他想着，如若这失而复得的海媚有一天记起他，记起他这个在她最需要他的时候离弃她的男人，她会是怎样痛苦和难过？她会因此而彻底离开他吗？

他辗转难眠，日子一天天地沉重起来，想着如若真的如此，他又能怎样，是自己把她伤透了，又怎么去乞求她的原谅？

直到，直到那个星期五的黄昏，他去接她下班。她临时有事被派了出去，他第一次走进她的办公室等她。于是，看到了躺在她抽屉里的那本浅紫色的日记。她在上面写道："我没有过去，我的过去都是一个叫沈海媚的女子的。我只有选择忘记，才会和爱人在一起。没有芥蒂，没有伤害，要一个像花儿般美丽的孩子……我愿意原谅那个男人的离开，所以，请叫我婉容……"

他呆呆地站在原地，被这样的事实震撼得说不出来一句话，他以为她真的失忆了，忘记了他曾经的背叛和离弃，可是，那些前尘旧事，她原来都记得。在认识她的第十一年，他终于知道，这个世界上再也没有人如她那样爱他这么多，那样广袤与盛大。

终于有勇气把这些文字写下来，写给他的爱人，无论她是海媚还是婉容，都是他一辈子的女人，无论生老病死。

第八日　差一点儿，他成了她爸爸

原来，生命里有很多定数，在未曾预料的时候就已经摆好了局。

1

她第一次见他，是在一条繁华的大马路上，她坐在林枫的自行车后座上正手舞足蹈地讲着她昨天晚上做过的梦，他骑着他的破摩托车如天神降临般堵在他们前面。因为追得匆忙，也因为生气，他说话的语气很激动：“你们还这么小，根本没法对自己负责，现在的主要任务是学习……”他还说了很多，身边来来往往有很多人，投过来的都是看热闹的目光。

他坚持让他们分开走，并让林枫把自行车给她骑。那时的小城里还没有出租车，这意味着几里地的学校，林枫只有跑着去。那天，林枫迟到了，被罚站了一节课。上晚自习前，他们有一个小时的休息时间，那一个小时，她和林枫坐在操场的篮球筐下想对策。想着如何跟他撒谎说他们的关系，想着林枫回家后是否会遭到他的辣手摧残。

那天晚上，她对母亲撒谎说补课，在林枫家后院的窗户下面走了无数个来回，屏住呼吸听他家里发出来的声响。她心里像装了一千只兔子，一遍遍鼓励自己，如果这个男人对林枫动手，她就去敲门，去解释，去把责任统统揽在自己身上，总之，不能让他伤害他。

那晚，她讪讪而归，除却他家一间屋子的灯亮到了很晚之外，没有一丝过大的声响。那年，她 16 岁，有一颗为爱担当的幼稚的心，恨不得连她的命都可以拿去。

第二天的林枫安然无恙，经过她课桌的时候还挤眉弄眼了一下。好不容易熬到下课，他说："不用解释什么，他已经跟踪了我们好几天。"看她一脸忐忑，林枫接着说："只要我们都能考上大学，他就同意咱俩的关系。"

2

那之后的一年，她陆续见过他几次。有时候是在校园里，有时候是在大街上，她总是不知道该以什么表情对他。他也记得她这样的尴尬，时隔四年，等她能光明正大迈入林家的时候，他不止一次地提起，并且每次都是边回味边情不自禁地大笑。

大学，她和林枫不在一个城市，每次见面，总要辗转四个小时的车程。林枫的生日，她想给他个惊喜，悄悄地去了。他也在，提着蛋糕，在校门口等待着他的儿子下课。那是他们在一起吃的第一顿饭，他听林枫随口说起她爱吃西红柿炒蛋，几乎把那一盘子西红柿炒蛋都倒在她碗里。那顿饭吃得很微妙，她是紧张的，他也没好到哪儿去，不停地给她夹菜，说话也是风马牛不相及，她为着他这份刻意遮掩的紧张，心里有些暖。

她回到学校之后，收到了他的信，信很短，让她注意身体，好好学习，最后的一句话，他说："叔叔说话是算数的，希望你们以前相爱，以后相亲。"那之后，她开始给他写信，每封信都不长，琐碎地汇报着她的生活近况。他总是回复得很及时，给她一封，给他儿子一封。后来，她得以看到他写给林枫的信，那些叮嘱竟然还不如写给她的多。

暑假，她回家去，他让林枫约她去做客。第一次家宴，他炒了两盘西红柿炒蛋，一盘是正宗的鲁味，一盘有广式的甜。他端上来的时候像个小孩子一样一脸期待，搓着手坐在凳子上。等她尝一口说好吃，他才松了口气拿起筷子尝尝。那个暑假她过得很愉快，以至于后来成为她记忆中最美的一段时光。他们晚饭后会坐在小院的葡萄藤下下象棋，一盘棋能下一个小时，他容忍她的悔棋和耍赖，最后还是只用一半棋子便把她杀得片甲不留。

出去散步，她和林枫一左一右地陪着他，他很满足的样子，带着些小骄傲地跟每一个熟识的人介绍她："妞儿，我闺女。"

3

国庆长假，林枫因有事不能回家，她一个人跑去看他。午餐，他依旧做了西红柿炒蛋给她，放了香菜和一点辣椒，最后用姜和蒜起了锅，他说这是他创造的新口味。而她那天没有赏光吃他的新口味，吐得一塌糊涂，蜡黄着脸。

他很担心，端水给她，不停地问她好点儿没有。看着他一脸的紧张，她宽慰他说："叔叔，没什么，可能胃不舒服，最近这段时间老这样。"无意地说完之后，她和他同时愣了，她开始意识到了什么，再看他的脸，脸色变得极难看。

林枫坐当晚的飞机到家，进门便挨了他结结实实的一巴掌。这是他生平第一次打他的儿子，因为她，更因为肚子里那个不能成形、无法存活的孩子。他在客厅里足足坐了半小时，一支接一支地抽烟，不说一句话，她和林枫站在他面前忐忑不安地等着他的发落。

商店都关了门，他收拾了家里所有的礼物，大包小包地拎着去她家。这之前的几个小时她哭着求了他好几次，让他不要告诉她爸妈，他始终沉默着不肯答应。她无法理解他的执意，想到爸妈的震惊和恼怒，她恐慌得手脚冰冷，间或从心底生出些对他的恨来，恨他的固执和不通情理。

半个小时后，他坐在她家的沙发上，低眉，低语，像个闯了大祸的孩子。客厅里的光影打在他身上，近50岁的男人，已然老了。父亲出差了，只有母亲在家。意料中的狂风暴雨，他和林枫都被骂得狗血喷头，连带着的还有她。过后，他让他们先出去，漫长的半小时之后，她不知道他和她的母亲怎么商量的这个话题，忐忑地回房间，母亲只说了一句话："睡觉去，明天一早去医院。"

她在第二天被母亲带到医院做了手术，母亲再没有她想象中火冒三丈地大吵大闹，虽然自始至终冷着脸，但是还是细致无比地照顾着她。出来医院走廊的时候，她远远地看到像是他，等车走近了，人却不见了。她们到家的时候，大院的传达箱上已经有了一箱子东西，从海参到鸡蛋，用心地分装在小盒子里面。母亲说，一定是他送来的。

她在家待了一星期才回学校去，走时她犹豫再三，没有去跟他告别。回到学校的时候，他的信已经到了，他说："女儿，我很抱歉，请原谅我执意把这件事情告诉你的母亲，因为这是对你负责任。林枫的母亲生下他后就大出血而死，我对每一个生命的出生和逝去都充满着敬畏，而这样的时候，只有你的母亲能照顾好你。"

这是他第一次这样称呼她，也是第一次，他的信惹了她一脸的泪水。

他们有一个学期没有再见，再见面的时候，这个话题都被他们遗忘了。他对她，只是比以前更好，比如会排半小时的队去买她爱吃的一种玉米小饼，比如有一次洗了葡萄甚至把皮都剥掉了才端给她，比如，他一个假期竟然为了她做了七种味道的西红柿炒蛋。大学的最后一个假期，他甚至开始问他们打算什么时候结婚，他看中一套房子，想趁着年轻买给他们。

4

她曾经以为日子会这样走下去，直至花好月圆。可是，她和林枫的感情出了问题。

她有很久没有收到林枫的信了，即使电话，也大多是她主动打给他。他总是在忙，不是在打球就是在参加学院的活动。他说他很忙，可是，分明电话那端安静得让人窒息。她一次次求证他们的爱情是不是出了问题，直至林枫发来信息给她："我们暂时分开一段时间好不好？"他们折腾了几个月，哭哭闹闹，感情却越来越疏远。她做最后的努力，奔波了一个周末去林枫的学校，他却不肯见她。

想着半年前的热烈，她终于知道这世界上人们最无法追赶的除了火箭，就是要离开的男人的脚步。原来，生命里有很多定数，在未曾预料的时候就已经摆好了局。

那段时间，他的电话却很多，他总是问她和林枫还好吗，似乎预感到了什么。她一直说很好很好，绞尽脑汁地想着他们以前的笑话，连编带蒙地说给他听。挂了电话，宿舍的姐妹问她何苦至此。何苦？是因为她已然发现，她对他已经像是对她的爸爸，她害怕他担心，害怕他难过，害怕他在那个孤单的房子里为此失眠辗转。

直至某一个周末，同学说有人找她，下来楼就看到他。他们有四个月没见，他似乎老了很多，风尘仆仆，一脸凝重。他说："孩子，你们是不是分手了？"那天，她没能忍住自己的泪，他走的时候也是步履蹒跚。他说："我会让那个浑小子给你个交代。"

她不知道他做了怎样的工作，倔强的林枫迫于他的压力跟她和好了，但是，所有的所有，都不一样了。他看在眼里，着急却无能为力。他老了，最终知道，感情的事情他最是不能勉强。毕业之后的第三个月，她和林枫终于分手了，这一次是她提出来的，爱走远的时候，她已经无能为力，既然如此，她何不给自己一个华丽丽的转身。

日子越来越淡，不大的城市，她还是能见到他，但都及时躲开了。有一次，她远远地看到他买菜，一手扶着自行车把，一手付钱，他的脊背竟然弯得很厉害了。他转身的时候，她躲进一家服装店，竟是哭到不能自已，惹了一屋子的人惊愕。她以为他没有看到她，那天午后，却接到他的电话，他明显喝了酒，在电话里含混不清地说："闺女，我对不起你。我和林枫都没有这样的福气。"

这是他们的最后一次通话，他一遍遍地重复说着对不起，她一直在哭着说："叔叔，您去喝些水。"这样的对话都没有意义。可是，这一刻，她是真的心疼，不是为了林枫的离开，而是为他酒后的难过。

这之后，他们没有了联系。她这期间经过很多挣扎，比如一直在遏制自己想给他打电话的冲动，比如她刻意地忽略他的生日。甚至，她一度以为她忘了他，可是，在吃西红柿炒蛋的时候经常会突然地想起他，继而猝不及防地流泪。有些人是注定一辈子铭刻在记忆中的，如同他，因为只有他，能因为她的欢喜，炒出七种味道的西红柿炒蛋。

而她，却无缘叫他一声，爸爸。

第九日　我爱你，只是因为是你

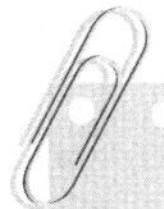

简单的道理，他们给它披上了华丽的外衣。

1 每个人都是被上帝咬过一口的苹果

“每个人都是被上帝咬过的苹果，缺陷越大，就证明上帝愈加喜欢那个苹果的芬芳。”我是在爱上你之后，才爱上这句话的。

我们同在一家公司工作，我至今说不清你给予我的到底是一种什么感觉。或者像是醇香的酒，初始是平平淡淡的，越到后来，便越发觉出你的好。第一次注意你是在公司聚餐的时候，有人提议要考考我们上班几年后的学过的宋词还残留多少，于是，从“春风得意马蹄疾”到“红酥手，黄藤酒”，大家从开始的踊跃到最后的难为情，只有你，能平平淡淡地回答出来，但是你从来不抢答，等到大家问到你的时候你才说出来。只那一刻，我就喜欢了你，不只是因为我也喜欢这些诗词，还是因为我欣赏你的含蓄与内敛。

经意或不经意间，便知道了你的很多消息，你从外地来这个城市工作，北京大学毕业，专业技术精通。再后来，因为一个工程我们开始合作，那时候才理解“默契”这个词。很多事情我只需要说一半，你便明白了我的意思。我需要什么东西，还没开口，你便开始去找，没等我说完，你便把东西找到了……这所有的无需言语的心有灵犀，让我心底的欢喜花儿一样冒出来。

工程的最后一天，新的设备要投入使用，我在机器旁站着，听到你在喊我的名字，回头看到你在一个台子上使劲比画。机器轰鸣，我根本听不清你在讲什么，眼睁睁看着你着急地做手势，捂着耳朵，直到你抓着扶手跳下来，摘了手套把两手扣在我的脸颊上，我还是呆的。仅仅几秒钟，身后的装置便突然发出巨大的声响，震得我心狂跳，我才意识到你伸手是为了捂住我的耳朵。后来，你说过些什么，我全部忘记了，记下的只是你掌心的温度了。那么近的距离，我发现你真的很帅，甚至在操作台跳下来的动作都是敏捷而潇洒的，还有，你的手怎么这么修长，这么好看呢！

那时，我已被逼着相亲了很多次，却始终没有找到自己想要的，所以，你的出现让我知道我在等待什么。我很想用“完美”这个词来形容你：干净俊朗，一手好厨艺，生活打理得井井有条，人缘好，精通计算机，懂得古文学，熟读历史……每一点你所拥有的，都是我喜欢的。可是，我的欢喜你或者早已看到了眼里，却从未给过我一点回应。后来，偶然听到同事说你有听力缺陷，中度耳聋，依赖于隐形助听器。同事只是不经意说了一句，我的脑子里却是“嗡”地炸响了半天。有一个星期的时间，我在和自己较劲。父亲在我很小的时候便去世了，妈妈对生活所有的期望都凝聚在我身上，一直希望我找一个优秀的男人嫁了。我上网查了很多这个缺陷会给生活带来什么影响，给了自己无数淡漠你的理由，但是，总是会不经意地想到你，我真的不知道你是从什么时候开始悄无声息地来到我的世界了！

我至今相信世事是冥冥中注定的。“每个人都是被上帝咬过的苹果，缺陷越大，就证明上帝愈加喜欢那个苹果的芬芳。”坐公交车的时候，身旁的人手里举着一本杂志，我一抬眼便看到了这句话。只一瞬间便打消了我几日里的纠结和顾虑。于是，我心里变得从未有过的雀跃和期待，我希望能够赶快见到你，告诉你，我喜欢你。

十几分钟后，我在公交站台看到了你，还有你身边的女孩子。你们依偎着，亲热得很，再不想形容当时的感觉，心像是被攥紧了猛捏住一样，疼得透彻。我假装漫不经心地从你身边走过，期待着你能看到我。可是，我只看到了她把手伸进你的臂弯里，你的表情满是爱怜和娇宠。

那天我没有去上班，哭了一路，昏昏沉沉地坐车回家，我才知道自己有多傻！我根本不知道你有了女朋友，还那么俗气地权衡着走近你，单这一点，她也比我好。她一定是欣赏你并且毫无顾忌地接纳你，而我，终究错过了你，不是吗？

2 我们的第一次亲吻，甜且酸涩

不久后，你调职了，离我远了，你的消息越发少了。再之后，我有了一个男朋友，无所谓爱，我们只是同所有的恋人一样，走那些既定的程序，吃饭，逛街，看电影。妈妈说，慢慢来，感情总是会培养出来的。这个道理，流行了很多年，我没有理由不相信它。

然后，命运跟我开了一个巨大的玩笑：半年之后，我被公司外派去开会，同一架飞机上，你被安排在我身边。我忍不住问你什么时候结婚，你很吃惊，说连女朋友都没有，哪儿谈得上结婚呢？我几乎是语无伦次地说起看到你和女孩的那天。你想了很久说：“那是我妹妹啊。”看我一脸的怀疑，你又解释说你的听力有问题，算是残疾，所以爸妈还可以再要一个……你的眼神很深沉，我听到自己心里四处开裂的声音，余下的行程我再无法说出一句话，手把背包的袋子都攥坏了。上天，你真是跟我开了个无比巨大的玩笑。

那个让我想了很久，念了很久，一点点逼着自己遗忘的男人就坐在我的身边，我怎能甘心？可是，我的男朋友呢？谈了近半年，没有爱情，却是奔着结婚的目的跑去的男朋友怎么办呢？

到了目的地，你的房间在我的隔壁。我做了几个签，抽来抽去折腾了几个小时后，我决定打电话给你，还没说话，你就一下听出是我。我们一起去吃晚餐，你一路都很安静，我要了啤酒，你阻止我喝，我却还是任性地喝多了。我说："我喜欢你。"好像一整晚，我都在重复这句话。你看了我好久，说："小丫头，你知道你在说什么？"我点着头告诉你："我知道自己在说什么。"静默了很久，你说："我不值得你这样，你喝多了。"你的语气那么冷，冷到我无法再表达任何想法。回到酒店，酒后的冲动已经消失了，只剩下了满心的沮丧。到了房间门口，我转过身去看你，我知道等你说再见就结束了，一切都结束了。我流泪了，脸颊上凉凉的，你的手伸过来，我听到你说："不哭了，明天我等你吃早餐。"

3 你的这一句话，整个夜晚都亮了

可是，第二天清晨，你没等我吃早餐，你向会议组请了假，坐夜车离开了这座城市。我收到了你长长的短信，你说："儿时用药的失误让我这一生有了很多缺憾，上小学时，年龄小，不能戴助听器，正常的学校不肯录取我。我的母亲说尽好话、流尽眼泪让我如愿和正常的孩子坐在一起。我个子高，孤单单地坐后排，听不到老师讲的课；没有人愿意和我一起玩，只有书本陪着我。从小学到大学都是这样，我习惯了别人看我的眼光始终有同情，所以不停地逼着自己要上进。但是，我从没有自卑过，直到遇到你。我以后一定是会听不到的，不知道是50岁还是60岁，倒霉的话40岁也有可能。一时的喜欢无法避免以后生活的繁杂，所以，你要去享受你美好的生活，别为了我去改变。”

这短信，我看了很多遍，每一次都会流泪。我仿佛看到了这些年你上大学、离开父母、自己在外地工作，总是比别人多付出很多辛酸与努力。也是第一次，有人可以让我的心那么疼，疼得窒息一般。你不知道这短信只能让我更爱你。

我给我男朋友打电话，想了好几天的理由，一点儿也没有用上，我直接告诉他我爱上了一个男人，有着中度耳聋的男人。那天我们聊了那么多，说人这一辈子，能少点遗憾就少点，千万别藏着掖着，让自己失望。你看，很多事情没有我们想象的复杂。

终于等到了回程的日子，你瘦了，只是一个眼神，我知道，这些天，你和我一样难过。我们就站在人来人往的车间里，我说，如果只是因为你的听力问题拒绝我，我不接受。你还是那些理由，说问题不是那么简单，虽然有助听器，却不能真的取代耳朵，最可怕的是等老了，听力会全失的，到时候麻烦就大了……你说了很多，我相信全部都是我们以后会遇到的情况，我安静地等你说完，才笑着问你是不是喜欢我，你依然沉默。我说，好多人听力没问题，但是他们老了患青光眼、脑血栓，行动不便，人总会老的，身体总会变坏的。如果你的听力没有了，我可以为你学手语，教你对口形说话。如果我爱你，你也爱我，这些都是小问题，我还知道，你需要的助听器 13000 元一只，七八年换一次，这些都不是问题。

写到这儿的时候，我又想起了你的表情，我看到你眼里有亮晶晶的东西。你的手交叉在一起，还是那样修长而漂亮，让我很想去握一握，你换了工装送我回家。等红灯的间隙，我告诉你，我同男朋友分手了。你又盯着我沉默了。快到我家的时候，你突然站住了，扳过我的肩，问我知不知道我在做什么，知不知道我的家人会很反对？我说我在做我认为值得的事情，至于家人，我顾不上，我只知道我想和你在一起。

你咬着嘴唇半天没说话，在我几乎绝望的时候，你抱住了我，在我耳边说："这样的情，我一生何求？"

那是我们的第一次亲吻，甜且酸涩。

4 如果爱，请深爱

我在接受了你缺陷的事实之后，便觉得中度耳聋需要助听器和近视的人戴眼镜一样，只是比别人多麻烦了一点点。母亲却不同，我知道这一天对她来讲是极其愤怒的一天，她知道了我和男朋友分手了，在阳台上看到了我们的吻，而你，就是她女儿爱上的是个听力有缺陷的男人。"听力缺陷"这个词在这一晚被母亲重复了很多遍，让我觉得刺耳无比，可是，身边没有缺陷的人有多少呢？慢性鼻炎，脊椎增生，先天性贫血……听力不好这个问题实在不是什么太大的麻烦，母亲却是如临大敌。

她说，她一想到自己的女儿同这样的一个人生活在一起就可怜。她从哭泣到愤怒，一整晚都在诉说。我告诉她没人能保证她所嫁的人以后几十年什么毛病都没有。她固执地认为那不一样，她认为以后的事情无法选择，现在的事情却可以选择。而我遗传了她那么多，所以，那一晚，我们两败俱伤。她摔门出去的时候说："你将来也会有孩子的，你会知道我怎么想。"于是，一整晚，我都在想一个问题：如果我有个女儿，我会怎么办？天亮的时候，我得出结论：我会尊重她。

第二天的午餐是在你家吃的，你做的蛋炒饭、西红柿炒鸡蛋、黄瓜肉片，那么短的时间你就麻利地把它们摆上了桌。你说，你妈妈总怕你的残缺会让你一辈子单身，所以，洗衣做饭十八般武艺教得你样样精通。就是这样的话，让我又落了泪。我说出了我母亲的态度，以为你会失望，会生气，你却拍了拍我的头，说早想到了，没有一个母亲不希望自己的女儿幸福。你说你来解决，要我相信你的能力。你的掌心那么温暖，叫我如何不去信任你！

可是，你跟母亲通了电话，再也不肯理我。通话记录上显示你们聊了一个小时。可是，我不知道你们说些什么，我只知道你申请了调职，调得远远的，不接我的电话，拒绝见我，那么残忍地退出了我的世界。我问妈妈，我同她哭，同她闹。她也落泪，她说你是个好男人，但我不能属于你。为什么，只是因为她的爱和你的隐忍成全吗？那我的努力和执着又算什么呢？

你知道吗，我最近在迷恋一部电视剧，《你令爱了不起》（《轻轻紧握你的手》）。这部戏在日剧史上很特别，一年只拍一集，从1997年到2001年拍了五集。一个体贴善良的男人，一个只能用手语传达内心感情的女人，他们相知相恋，携手迎接美丽的人生。在第一集，男人对女人说："耳朵听不见有什么关系，这是你与生俱来的特色，我喜欢你，并非因为你是听障者，而是你——武田美荣子。"

这是我想对你说的话，我爱你，只是因为是你。而这些，你一定懂的，是吗？如果你懂，那就回来，好吗？你知道的，我在，一直在。

第十日　我们，白首不分离

对一个人好，会成为一种习惯。

1

1987年秋天，她遇见了周晓白，在一家不大的餐馆，周晓白站在母亲身边，那时候她们的父母亲已经断断续续地见了几次面，即将谈到婚嫁。

饭后，12岁的她和12岁半的周晓白坐在餐馆后面油迹斑驳的台阶上，像大人一样对话。对于父亲的再婚，她是忐忑的，母亲离家出走后的5年，生命里跟随她的似乎只剩下浓浓的恐慌和愤恨，她不相信任何人，不太说话，走路缩在墙根的阴影里，却疯狂地迷恋上安徒生的童话，总是幻想着会有奇迹骑在白天鹅的背上飞驰而来，笔直地砸到她怀里，十分相信会有神仙突然降临，将她带到一个只有爱没有悲伤的世界，她以为她也一样，惶然地体会命运对她们的不公平。她说："我们是没有办法阻止他们结婚的。"周晓白看着她，惊讶地喊："为什么要阻止？她才35岁，有权利好好生活。"那个年代，在小城里，再婚还是件被人很介意的事情，在她的口里说出来，天经地义。

她们第一次的谈话，好像很失败，可能是她的态度让周晓白设了防，因为父亲和她的母亲结婚后，继母没有像书中或者巷子里婆婶描述的那种凶狠恶劣，反倒是周晓白让她处处觉得别扭和委屈。她总是介意她对她母亲的态度，即使无意识的举动也会让她很往心里去。

她们第一次冷战是因为她对她母亲的称呼。在父亲婚后的第二天清晨，餐桌上，她礼貌地叫爸爸，然后很期待地看她，“妈妈”这个称谓远离她已经有五年的时间。在继母面前，她犹豫了好久才语焉不详地喊了声“阿姨”，周晓白听到后，愤愤地扔下饭碗转身拿起书包走出家门，高扎的马尾很夸张地甩来甩去。她走出门的时候，看到她在胡同口等她，她说：“你得管我妈叫妈。”她低着头往前走，周晓白一把抓住她的胳膊说：“你听到了没有？”声音很大，紧皱着眉头，眼神恶狠狠的。这些都激发了她的斗志，她说：“那是你妈妈，不是我的。”然后骄傲地离开，转弯的时候，回头望见她整个人倚在墙上，低着头。

她一直称周晓白的妈妈为阿姨，她在场的情况下，她连阿姨都省略了。她们关系变得空前僵。其实，那时候，她已经知道阿姨待她很好，因为她挑食，饭菜大都依着她的口味；东西有大小的时候，大的从来都是她的，周晓白的脏衣服都是自己洗，她的却是她妈妈洗。每次，她的母亲待她们有分别的时候，她总是用犀利的眼神看她，盯着她的嘴唇，她知道周晓白的想法，故意紧闭了唇，连起码的谢谢都省略了。

第一次吵架，是因为她母亲的相片。她的卧室里，始终放着母亲的照片，周晓白每每看到了总是撇嘴，后来，便要求她收起来，她说：“你这是对我母亲的不尊重。”她低着头，继续写作业。第二天清晨便发现照片不见了，她在她的床底下搜出来，固执地摆在床头上，几次三番之后，她再也找不到那张照片了。她敲周晓白的房门。她说：“撕了。”昂着头，挑着眉，用两个字回答了她，后来，不记得怎样就动起手来，记得周晓白说：“她都不要你了，你还拿她当个宝，我妈妈待你这样好，你这样对她，简直是没良心。”她们扭在一起。最后的结果是，那次挑衅她们谁都没有胜利。周晓白挨了母亲的一巴掌，她挨了父亲的五指山。那一夜，失眠的她听到隔壁她的床吱呀呀地响了一夜。第二天放学后，她看到母亲的照片被换了新的相框，安静地摆在床头，周晓白对她说：“对不起。”

吃晚饭的时候，她在桌子下面找到周晓白的手，挠了挠她的手心，周晓白扭过头来，就看到她冲她微微地笑，红了脸。

2

那年腊月的一天，她来到她的房间，心不在焉地帮她收拾着杂物，犹豫着，几次张开口想说什么又收回去。后来，她说：“梅子，初一清晨，你能不能喊我妈一声妈？”她看看她，沉默着，扭过身子去。周晓白叹了一口气，讪讪地回了房间。

除夕夜，吃完了年夜饭，阿姨给她压岁钱，周晓白坐在床沿上满是期待地看她，直到她转身离开，那眸子里的光亮才暗下去。那年流行蝙蝠衫，就是那种袖子和衣身接口处很肥大的衣服——她给阿姨准备了一件大红色的，很细的线，是她自己用很多个夜晚一点点地织起来的。其实她早懂得阿姨对她的好，她说：“妈，你试试合适吗？”阿姨红了眼睛，穿上以后合不拢嘴地笑，周晓白围着她们转来转去，很是雀跃地夸母亲漂亮，赞她手巧。也就是那次，她知道了，她们都是属纸老虎的，空有一个强悍的外表，她摩挲着母亲的衣服哭了，虽然及时地扭过脸去。后来，又回屋砸碎了她的储蓄罐，捧着满手的零钱对她说：“梅子，你想要什么礼物，姐明天一早去给你买。”

第二天清晨，周晓白执意要带她去买东西，小城的正月初一，商店都寂静着。夜里下了雪，街上只有零散的几个人。她给她买了大大的气球，还有糖稀，那是一种用糖熬出来的，黏黏的、甜甜的东西。两根小竹棍，在熬糖稀的锅里使劲一搅，晶莹透亮的糖稀就会黏在棒子上，拉得久了，变成白色，三毛钱一团。这在平日里也是奢侈的零食，那日却被她吃了个够，她给她要了五份，合成大大的，高兴地看她缠来缠去。

走到小广场的时候，周晓白说："高兴吗？"她重重地点头。"叫声晓白姐听听。"她皱皱鼻子，拒绝了。周晓白喊着嚷着呵她的痒，她除了笑，始终没开口。走到家门口的时候，她在周晓白的身后，轻轻地喊了一声："姐。"周晓白有点愣神，转头看她，眼睛里湿湿的，她说："臭丫头，你不是不肯叫我吗？"她答她："你见谁家的妹妹叫姐姐，要加上名字叫的？"

一路牵着手成长，很多晚上黏在彼此的房间；会拉着手告诉不知情的人，她们是双胞胎；会在第一时间同对方分享各自的小秘密，比如她们的初潮、她们少女萌动的情思。偶尔她跟她说起她惶恐的过去，周晓白便在暗夜里搂住她："都过去了，以后有姐在你身边。"

周晓白也说自己，说自小父亲就扔下她们母女走了，知道母亲的不容易，所以特别渴望母亲能有一个好的生活，就特别在意她对母亲的态度，刻意地期待着自己对她父亲好能够换来她对妈妈的好。

说这些的时候，总是十指相扣，掌心温暖。后来的后来，她便一直这样称呼她，她叫她"姐"，单单一个"姐"字，声音里总夹着浓浓的依恋。

3

时隔十五年，她们冷战了。原因很简单，她带回去的男朋友，周晓白不喜欢——说白了，是因为男朋友很穷，一穷二白的那种。

带他回家，周晓白很功利地问他什么职业，现在谁供着他上学？其实之前，她已经告诉家人了，他刚读完研究生，要考博士，现在只能靠母亲打些零工挣钱供他上学。她不知道周晓白再次问他是什么意图，她的犀利让他红了脸，有些无助地看她，气氛顿时紧张起来，她说她能陪他吃苦，不用大家操心。

那次见面不欢而散，她负气地跟男友一起回他们的城市去，同周晓白隔了 180 里路。

她打电话给她，她赌气没接。后来，便收到了她的短信："不要陪男人受苦，找一个把爱与温存在平常日子里和你分享的男人，才有岁月静好，现世安稳。"她回她："你们过你们的日子。合得来，我们就多来往；合不来，就少来往。"手机执拗地响，直到她接起来，她说："那可不行，我们相处愉快，你才开心，我们都爱你，所以和他不会不来往。我不喜欢，是因为他缺少责任感，他的母亲这样困难地供他上学，他却不体谅，还要读博士……"周晓白还在说，她的电话却已经挂断了，心里满是怨恨，肯定是她，让爸妈都不接受他。

她反倒铁了心，一个人在这个陌生的城市里，安下心来跟着他。周晓白的短信几乎每天都来，长长短短地说些家里的生活，开始，她直接删掉，后来，却开始想念她语句里的温暖。那个他的表现也在一点点地验证周晓白的话，感情分分合合，她已经疲惫不堪，终于谈到分手。那段时间的黑夜里，都是周晓白在陪着她，电话线的那端，絮絮叨叨地说到她入睡，怕再吵醒了她，不舍得放下电话。她怪她宠她，她说："傻丫头，对一个人好，会成为习惯的。"

2007 年，在她离开她近十年后，新年的街头上，她看到了那个叫作糖稀的东西，现在改了名字，叫甜蜜蜜。有姐妹模样的女孩子等在旁边，牵着手，微笑着，一如她们的当年，而此时，她们已经有了一双儿女和疼爱自己的男人。她给周晓白发信息说："姐，我在街头看见有卖糖稀的，于是，想你了。"

很快，手机响起，周晓白说："我这儿也下了雪，同那年的一样大。"

第十一日　把幸福还给你

爱这东西真不能勉强，走了就是走了，遍寻不见。

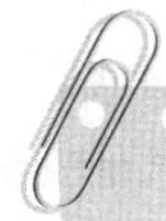

分手是林晓冉提出来的。在郝进第 n 次表达了他妈妈对买房的意见之后，林晓冉彻底爆炸了，她把逛了一上午买的东西全砸在郝进身上，吸引了全商场的人的目光，扬长而去。

矛盾从买房子开始。郝进的父母只拿了两万块，其余需要他俩去凑。杜晓冉没多言，因为郝进的家境摆在那儿。倒是郝进，觉得对不起父母，商量着是否晚几年再买，或者先买个小的。她说："挣的钱还赶不上房子涨价的速度，买小面积，钱就够了？"郝进再不言语，杜晓冉平添了一肚子气。

现在，他又在重复那些话。郝进一说到这儿，林晓冉就头大，从商量买房到现在，准婆婆没来过一次，别说看看房子，就是早该定好的过来见见她父母的日子，他家也是一拖再拖。

上了出租车，无限委屈，泪簌簌地落下来。

她是郝进朋友的同学，她在省城，他在县城，家境悬殊。他对她是一见钟情，她还没有答应他的追求时，他就辞了原来稳定的工作跑到她的城市里来，租好房子，找了工作，才来对她表白：“无论你是否接受我，不为爱拼一次，我会后悔。”那时，他是她见过的最勇敢的追求者。

如今，林晓冉有些后悔了。

2

她等着郝进道歉，他却不声不响地出差了，整整两天没有联系。最终是林晓冉憋不住了，她以为他出了什么事，电话拨过去，他安全无虞，她立马恼恨自己的自轻自贱，但还是压着怒气，问他：“这房子到底还买不买？”他说：“随你吧。”语气极冷淡。“那我们这婚还要不要结？”他说：“等我回去再说吧。”她在电话里喊：“我要和你分手！”郝进还是那句话：“等我回去再说吧。”林晓冉几乎气疯了，她说：“你回来也不用说了，我们分手！”对方没再有回应，几秒钟后，她听到电话的挂机声。

他竟然挂了她的电话？这从来都是她的权利，只有她才能对他做的事情！林晓冉往回拨，一次次地被挂断，后来干脆是关机提示。

林晓冉又恼又恨，她何曾受过这样的委屈。她给郝进的妈妈打电话哭着说他们要分手，准婆婆先是劝，劝她珍惜这四年来的不容易，让她别和郝进计较，越劝林晓冉越抵触，嘴上更是不饶人，就是要分，准婆婆最后说：“这半年来，你俩吵架吵得我们都揪心，当初哭着闹着要在一起，现在又这样，随你们吧。”

林晓冉讨来一场没趣，恨又多了三分。当年，郝进的爹娘也不看好他们。他们说：“城里人家的孩子，没受过穷，没吃过苦，稳妥吗？”

你看，谁都不看好的婚姻，一切都是别扭。

爱情的惨淡很多时候是因为磨不过时间的长度。她觉得自己没有那么爱他了，甚至有了越来越多说不出的别扭。是从什么时候开始对他有这么多的不满？是他和她生活习惯上越来越多的差距，还是他们处理事情的方式？以前郝进大多听她的，现在开始主张自己的意见，于是有了各种各样的矛盾，这一年来吵的架比前三年都多。

她往前翻着记忆，竟是这么不堪。谁人不说她的嫁是“下嫁”，她最好的朋友都不理解她的纯情。特别是他们吵架的时候，她从来不敢跟第三个人细说，因为那等于她自己扇自己巴掌。

林晓冉真真地把自己鄙视了一遍又一遍。

3

郝进回来的时候，她在和一个男人约会。那个男人用各种手段追她，追到郝进提到他心里就添堵。郝进站在他们面前，气得脸色煞白，她若无其事地问他：“你有事吗？”郝进冷笑一声，走了。

其实，她就是想气气他。

她得逞了，郝进晚上给她道歉，解释那天老板在身边，不好多说。其实在餐厅看到他气得风度全无的样子，她心里的气已经消了大半，可是，还是想着再坚持一下。她的好朋友说得对：“得杀杀他的气焰，这两年，他生活得比以前得意，是越来越张狂了。”

一个星期，他苦苦找她，去她家，发邮件，打电话到她公司，用尽各种方式，而她，要铁心躲一个人，那太容易了。最后，他没辙了，在网上留言说：“求你了，让我见你一面好吗？即使分手，也要给我一个见面的机会。”

他说了“求”字，这在以前是他最反感的。她的心早已软了，她想，再等三天，她去找他。可是，不到三日，只隔了两天，郝进没了消息。

4

郝进回老家相亲去了，且成功了，已经和那个姑娘交往了。

林晓冉傻了。她以为是玩笑，才几天啊，他就和别人岁月静好去了。可这是真的，她打他电话，他都不接了。

她鄙视他，痛恨他，却还是矜持占了上风，散了有散了的好处。尘归尘，路归路，离了他，她可以过得更好。

那个男人又来约她，一半是赌气，一半是真的，林晓冉赴约了。在路上，她还安慰自己，如今的难过，就是因为感情的青黄不接，没有人来替代，没有人来爱，郝进哪里就有那么好。

这一顿饭吃得不如意，上次吃饭，她把他当作一个道具，这道具只要能惹到郝进生气便是完美的。而现在，她站在女朋友的角度去审视这个男人，就有说不出来的不对劲儿，种种细节和感觉都不对。回来的路上，天飘起了小雨，林晓冉忍不住地哭了。她一想到郝进的幸福自此与她无关，就觉得这世上再没有比这更苍凉的事了。

现在，她满脑子都是他，每一个细胞都叫嚣着：念他，念他。他曾经的种种好，那些记得的、忽略的，一并扑上来，将她结结实实地包围，让她呼吸不得。

她的手机开始不离身，几分钟就会看一下。每一次电话响起，她都希望是他的，甚至她故意地挨时间，觉得挨了好久再去看，肯定有个惊喜，手机上却还是空的。日子，一秒一秒地好像都延长了，慢得让人窒息。她的心里盘了一条蛇，要多难熬就有多难熬。

她终于忍不住了，发信息给他，说了很多很多回忆的甜美，以及对自己任性的歉疚，等到他的回复，却是让林晓冉绝望的三个字：“对不起。”她把电话打过去，开始还想保持优雅姿态的，尽量说得风轻云淡，她说：“她什么样子啊？”他说：“嗯，她比你笨，人也简单，很普通。就那样吧。”林晓冉想说个恭喜的,喊出来的却是：“你混蛋！”

5

人在拥有的时候，最淡定。曾经，这段感情里她是占据主宰位置啊，她常说：“你比我大一岁，你要让着我。”而郝进大多时候也是任着她闹腾，他对她是有歉疚的，她跟着他，没房没车，已是委屈。她不说，可是在心里也是记着的，所以敢多几分任性，这尘世里，什么样的爱，其实都加了几分掂量的筹码。

她一个人去逛街，经过这城市最豪华的餐厅。偏巧看到郝进和那个女孩子从里面走出来。暮色里，郝进有格外的帅气和自信。那个女孩，平凡普通，压根入不了林晓冉的眼。她一时气傻了，冲过去，没头没脑地打他，狂喊："郝进，你不是人，你太过分了！"

由不得她不生气，他们曾经来过这儿，走到门口，林晓冉嫌贵，坚持着没有进去，郝进那天又感动又歉疚，他说："我早晚有一天，让你出入这儿和自家餐厅一样。"如今呢？如今她一手浇灌出来的花儿，被人摘了，芳和香都是别人的。

郝进躲着她，没忘记将女孩子挡在身后，他开始只是嘴上说着："林晓冉，你太无聊了！"林晓冉的拳头不分轻重地一直砸下去，他就有点急了，推了她一下。这一下，她的心就落进了冰窟，针刺一般疼。她隔着凌乱的头发和模糊的泪眼，看到那女孩子的表情，有疑惑，有惊讶，还有同情。

林晓冉停了手，所有的力气都被抽走了，三九的天，她坐在冰冷的酒店台阶上，心比天冷。她忽略了一件事：这个男人成熟了，就如果子挂枝头，总会有诱惑，此时是不愁人摘的。她最恼恨的是，这果子，是她一手培养的。

她看过那么多爱情信条，那些信条都告诉她，如果挽不回一个男人的心，那就不要在他面前哭，就是咬碎了银牙，也得微笑着说再见。她也想，也想说一声：就此别过，各自珍重。

可是，她做不到。

林晓冉所有的优越感都没有了，她疯了般骚扰郝进。她说："你不就是个乡巴佬儿，你忘了你当初多穷多狼狈。"她又说："我是真的爱你，放不下你，再也没有另一个你了。"世俗的，爱情的，一会儿一个模样。

他不理她，她越发不甘，找到他的女友，诉说他们种种甜蜜，甚至是床上他最喜欢的姿势她也讲一遍。她奚落着那个女孩子的衣服和妆容，看着那个女孩子手足无措，她心里还是找不到丝毫发泄的快乐。

转过头来她就鄙视自己，可是恨到极点，她根本控制不了身体里的那个她，她要哭要闹，疯了一样地想让他回来，回到从前的日子里去。可是，她破坏不了他的生活了，新鲜的、精彩的、热闹的，都脱离了她的生活，她恨这份无力感，她已经影响不了他了。

6

从极致的疯狂到貌似平静，林晓冉用了三个月。时间是最好的医生，这话俗气而又精准，林晓冉每熬过一天，心就清醒一点。

她反复咀嚼他们的感情，也想明白了，他们的分手，不是误会，也不是偶然。她在开始就为他们的相爱定了世俗的调子，她是爱他，却也没忘记时时的优越感和施舍感。而他在她面前越来越失去自信，自尊更是受伤害。他们都没有为爱放下些什么，她在乎着她的委屈，他在乎着他的自尊，房子，婚事，都只是一个介质。

他的手机号码已经换掉了，租住的房子也退了，房东也说不出他去了哪儿。她满怀内疚还加了些苦涩，她把她曾经的爱人逼到这样子，活生生碎掉了一段美好，她理解他，任是谁也禁不住她这样的折腾。

她打他办公室的电话，其实只是试试——他们分手的那段时间，他们公司所有的人都熟悉了她的声音，不是挂断就是说郝进不在，她没怎么抱希望——没想到这次接电话的竟然是他。

她说："对不起啊。"眼泪流出来，心里的蛇就立马跑掉了。这辈子，有些人，真的是来陪你一程的，他绝对做不成你的爱人。有些事，过了就是过了，不管是眷恋还是悔意，都回不去了。

那天晚上，他们在一起吃了顿饭。他要回他的小县城了。他说："家里更适合我，我本来也没有大抱负，不需要大房子。一个人要找一个让心安稳的地方，才是适合的地方。”她说：“我那么闹，那么破坏，她会不会怪我？”他笑笑，举起酒杯。她想，如此不离不弃，也是一种爱吧。

两个人喝了一箱啤酒，都在哭。

林晓冉在清醒之前，说了一句：心怀珍重，永不打扰。

他们曾经是爱过的，爱这东西真不能勉强，走了就是走了，遍寻不见。而她唯一能做的，就是把幸福还给他。

郝进说：“其实，每一次爱情的消失，都有它的姿势。”林晓冉那时已经醉了，她想不通，他们的爱情是以什么姿势，消失在哪儿呢？

第十二日　七年，我距离你有多远

他不要她，是怕她陷得太深，不给他后退的路。

我们只是隔了七年，我们相守了还不到七个月，可是，如果没有她，我余生的岁月将是怎样黯然失色？明天太阳出来的时候，依然会有很多的难题需要我们去面对，可是，我知道这一次我再也不会对我的幸福说放手。

1　遇见你，没有在对的时间

遇见梅君是在我们小城的一个叫作“天涯红袖”的社区里，她很有文采，写的东西时而忧郁绵长，时而文笔犀利，在论坛里受很多人欣赏，我也因了喜欢常常跟帖，我一直以为这个叫作“苦茶”的人是个男人。直到在这个社区每年一度举行的网友聚会上，听到别人叫她的网名，我才知道这些字的主人是一个女子。熟识的朋友帮我们相互介绍了之后，我知道了她叫梅君，更巧的是，她所在的工作单位竟然是我们公司的子公司，她落落大方地伸出手，我竟然有些赧然。我们互相留了电话，自此便成了朋友，她比我大七岁，节日里偶尔的短信联系总会署名“梅姐”。

2004 年 7 月，夜里十一点多的时候，她打我的电话，带着明显的醉意，手机里声音嘈杂，像是在酒吧或者包房之类的地方，她在电话里喊了一声柴峰，就不停地哭。任凭我怎样问她，她只是哭。我挂掉电话，在办公室里坐立不安，后来，索性在小城的酒吧一家一家地找她，凌晨一点多的时候，我终于把大醉的她带回我的宿舍。

她睡得很不安稳，紧皱着眉头。七月的天气，她却浑身冰冷，孩子似的把手塞进我的掌心里，绝望而无助。我喂了她些蜂蜜水，四点多的时候，她醒了酒，便开始跟我讲起她的故事，其实，是讲她的男人。她说，他喜欢猎艳，在新婚的第二年便开始了，后来有了网络，发展得更是不堪入目，视频，约会，裸聊，电话性爱……他的背叛与时俱进，越来越不加遮掩。她说：“为了我父母，我没能免俗，忍了六年，像负重的骆驼，困顿不堪。”

六点多的时候，酒精的作用加上她倾吐之后的疲惫，她第二次睡着了，我坐在床边上，看着她疲惫的脸，满是心疼。清晨，我为她准备了早餐，蓝色方格的长桌上除了荷包蛋和小米粥外，还放着果汁、牛奶，还有蛋糕，甚至还有果冻，远远地超过了两个人的量——我把那条街上清晨可以买到的东西都买了回来。

她醒来后，有些不好意思，看到桌子上的东西，孩子似的喊：“我有十多年没有吃过这样丰盛的早餐了。”小米粥有些热，我从厨房里拿来勺子为她凉一凉，她抬头看看我，眼里已经含了泪。

我确定我是在这个清晨爱上了她。有了这个想法，我被自己吓了一跳，可是，没有错，我真的是爱上了这个比我大七岁的女人，因为只有她，让我有呵护的欲望，让我心底的怜惜温润流淌。

虽然我知道这一切是不可能的事情，就像那句俗透了的话——“遇见你，没有在对的时间”。除了她已为人妻外，我们还隔了七年的距离。

2 元宵节的烟花，没有想象中的美

她的男人在一个月后去了云南做工程，大约需要半年的时间。空闲的时候，我便常常去找她，她有很多书，我总是自己找着看，找到就窝在她客厅的沙发上。隔一会儿，梅君会回头看我一眼，她的微笑，比窗外初秋的阳光更和煦。偶尔的，我会站在她身后，静静地看她飞舞在指尖上的文字。

我相信梅君能够觉察到我的感情，有一次，她留下我吃饭，她做了几个菜，开了瓶红酒。开始时还很热烈，谈来谈去，我们都能看出彼此眸子里的渴望，想到现实，却都兀自沉默。我走的时候，梅君忽然在背后抱住我，我想转身的时候，她却把我推出房门。我知道，她也在努力地克制自己。走到街上，风一吹，我感觉到后背的凉，一定是梅君落了泪，因为，回到家里我看到我白色衬衣上有湿湿的泪渍。

我给梅君发短信，我问她："这一生可不可以陪我走？"之后，手机是长久的沉默。凌晨一点半，我收到了她的信息："恨不生同时，日日与君好。"这个聪敏的女子，她把什么都看得这样透彻。我长久地盯着手机上的字，心一点点地沉下去。

自此，我和梅君不约而同地相互疏远了，我们都已成人，该与不该，我们早已知晓如何权衡。可是，她的名字和身影却越来越多地出现在我的梦里，每隔几天总要梦到她，哪怕我白日里早已用繁忙冲淡了思念。有几次，梦里醒来，我拿起手机，反反复复地调出她的电话，始终没有按下发送键，我想如果她可以忘记，我能做的就是不再记起，让这段还没来得及延续的爱情就此凋零。

11 月 14 日，夜里睡不着，我去上网，在论坛里看到她的帖子，签名档里是《全唐诗续拾》卷五十六的无名氏五言诗："我生君未生，君生我已老。我恨君生迟，君恨我生早。"我对着屏幕，思念汹涌而来。

这个时候，我的手机也响了，我猜到是梅君，她定是在网上看到了我。打开手机，果然是她。20分钟后，在解放路的街头，我等到了她，她穿了白色的风衣，远远地奔过来，我张开手臂，把她拥进怀里。那晚的风很大，而且下了初冬的第一场雪，我们吻得缠绵而又热烈。我牵着她的手走了两站路，在中豪酒店领了房卡去房间的路上，不长的走廊里，浓厚的爱欲肆意绽放，四目相对的眸子里，已经有了似火的欲望。梅君光洁的身体舒展在我手心的时候，我感觉我身体的战栗和激情，那夜，我的身体集聚着巨大的力量，清新而勇猛，屋子里处处充满着情欲的芬芳。我在心里笃定地告诉自己，隔了七年又怎样，我要这个女人。

岁月似乎张开了她热烈的翅膀，每天我们会花很多的时间相守着，每个周末，我们会把窗帘拉得严严的，缠绵在床上，看模糊的艺术电影，听暧昧的蓝调，然后像两尾鱼似的交欢。梅君偶尔下床，穿着我的衬衣，将袖子挽好几道圈，解开领口的口子，一直敞开到傲人的胸部；光着两条腿，跑到厨房，给我倒水。爱情里满是绝望的味道，关于现实和未来，是我们墨守的禁忌，所以我们常常会在欢乐的顶峰忽然感伤。终于，梅君悄无声息地离了婚，消息是在两个月后我才偶然听到同事说起的。我向梅君求证，她证实了我的想法，我又惊又喜，说她："傻瓜，你怎么这么鲁莽，没有想过万一我不要你怎么办啊？"梅君抚着我的脸，看着我，很认真地说："柴峰，你要记住，我的离婚和你无关，我只是知道自己再也不能过那样的日子。"我吻她，告诉她："梅君，我会对你负责任的。"

六个小时之后，我才知道关于这个承诺，我是怎样难以实现：母亲听到我爱上一个比我大七岁的离异女人，气得直哆嗦；父亲更是暴跳如雷，颤抖着嘴唇，他在屋子里踱来踱去，翻来覆去地说"胡闹"。过后，他说："你如果非要娶她，就滚出这个家去。"我求救似的看向母亲，这个爱了我二十五年的女人，她只是失望地转了头，隔了好久，她说："你让我们的面子往哪儿放？"

我终于知道了梅君的苦心，她说她的离婚和我无关，是因为她想到了在这个城市里称得上体面的我的父母肯定不会允许我们结合。这个善良的女人，她只是不想增加我的负担。

这一切，我都没有对梅君说。第二天我强颜欢笑地告诉她，一切会好起来的。她握了握我的手，叹了口气，声音很轻，却让我心疼不已。

2005年的元宵节，我们手牵着手去大明湖看花灯。走过泉城广场的时候，很多人在放烟花，我搂着梅君的腰，仰着头，看空中那些姹紫嫣红的热烈，忽然眼睛湿湿的，我在梅君的耳边说："君，有你真好。"穿过天地坛街的时候，碰到了我的高中同学，寒暄之后，他问起梅君："你姐啊？"我说："不是，我女朋友。"他有些惊讶，继而讪讪地笑了，他走了之后，梅君很久没有说话，情绪低落。这一年，看花灯的人群很拥挤，走到大明湖的时候，梅君却不进去了，她说："不想去看灯了，看过烟花就够了。"

也是这个夜晚，我要了梅君，她表现得热烈奔放，我们都渴望用身体的热情，掩盖那些无法漠视的落寞。我说："梅君，只要我在你身边，那些都不重要。"情欲迷离里，梅君细细地吻我，我听到她的呢喃，她说："柴峰，我们能相守一辈子多好。"

这个聪颖的女子，她从来没有想过关于我们的一生。我暗暗发誓，我一定要说服父母，接纳梅君。第二天，我再一次和父母亲说起的时候，母亲因为情绪过度波动，犯了心脏病，住进医院。

3 我结婚了，新娘不是你

母亲住院的第二天，告诉我说，姑姑给我介绍了个女朋友，是个护士，门当户对。她躺在病床上，虚弱地说："柴峰，那个女人，你想都不要想，你若是还念着你妈的命，你就找个合适的女子娶了。”

我沉默着回了家，把自己反锁在房间里，摔碎了所有能摔的东西，父亲始终坐在客厅的沙发上冷着脸，一动不动。我跪下来，期望着父亲可以答应我的请求，我说：“爸爸，我爱梅君，你们都不了解她，求求你，接纳她。”父亲不阻拦我，不看我，低着头，整个夜晚，始终保持着一种姿势。梅君不合时宜地打来电话，父亲一把把手机抢过去，在手机里大声指责梅君，他甚至用了“不要脸”“勾引”这样的字眼，我着急得想把电话夺过来，父亲使劲把它摔碎在地上。我眼睁睁地看着它四分五裂。想到此刻的梅君，我满心疼痛，我不顾父亲的呵斥，想要冲出去找她，我还没有走出屋子，已经被父亲扑倒在地上，眨眼间，我的手上便多了冰冷的手铐，我的做了二十年刑警的父亲，对他的儿子使用了对待犯人特用的方式——我被他铐在客厅的椅子上。

从第二天清晨，我的姑姑和小姨便开始轮流来劝解，她们说：“感情不是靠冲动的，你到 33 岁的时候，她已经 40 岁了，你能想象那个时候是什么样子吗？你风华正茂的时候，她已经老了。”每个人说的都是类似的话，苦口婆心。我依旧被父亲铐着，我们父子血脉里相同的倔强使我们已经像杀红了眼的敌人。下午的时候，家里终于清静了，父亲问我：“想好了吗？”我说：“我要她。”我低下头，等待着他更猛烈的反应，他却只是叹了口气，帮我松了手铐回屋了。

我心底存了一丝期冀，我期盼着父亲被感动，然后接纳梅君，可是，没有，从第二天清晨开始，我执拗的父亲绝食了。无论怎么劝，父亲始终不进一粒米。是的，他们养育了我二十五年，知道什么时候可以以最有力的方式将我打倒。三天之后，我去相亲。见到一个叫丁玲的女孩，她满眼对我的欣赏，我却甚至没有看清她的模样。回来的时候，母亲问我如何。我说，你们觉得好便好。三天里，父亲第一次说话，他说他看可以，陆陆续续地见过几次面之后，婚期定在了四个月后。接下来的几个月里，父母亲把所有的精力都用在我身上，他们不允许我带手机，下班之前 5 分钟一定会打电话催我回家，只有在丁玲约我的情况下，才会放心地让我出去。

结婚之前的那夜，我终于不管不顾地跑了出去找梅君。隔了几个月，她瘦了很多，她搂住我，用了全身的力气。那个时候，我才真正体会了绝望的含义。那天晚上，她没流一滴泪，帮我把第二天的白衬衣熨好，她长时间专注地做这件事情，一件衣服熨了好久，一直没有抬头，屋子里安静得很。我看着她的背影，躺在她的床上不停地流泪，其实脆弱的是我，我不敢想象没有梅君的一生，我能否幸福地度过。

清晨六点钟，她坐在床边看我，我闭上眼睛装作睡熟，她吻我的额头，长久地没有把唇挪开，我细细地吻她身体的每一寸肌肤，想把那些过往，无论爱与疼痛都弥留在唇尖。梅君脱掉衣服，躺在我怀里，我们除了紧紧地拥抱，什么都没做，梅君用了那样大的力气，像是要把我糅进她的身体里。半个小时后，她帮我系好领带，擦净皮鞋，没有任何犹豫地把我推出她的家门。街上的人不多，我孩子似的哭着走回家，家里已经派了人去找我，父亲见到我毫不犹豫地抬起了手，脸颊上清脆的响声之后，我直视着他的眼睛说："是你们毁了我。"父亲颓然地转身。我的婚礼，只是欢乐了诸多的看客。给丁玲戴上结婚戒指的时候，我流了泪，听到自己心碎的声音。酒席上，我喝了很多酒，醉得一塌糊涂。

我没有了梅君的消息，她消失得无影无踪，在婚后的一个星期，我收到她的信，很简单的字："我走了，可以想我，但不要时时以我为念，你能安详平和地生活，才是对我最大的安慰。"信纸上有些皱，我能够想象到梅君提笔时的绝望，我的梅君，她一定是流过泪的。

蜜月，我始终对丁玲的身体缺乏热情，只有酒醉的时候我才可以要她。闭上眼睛，想象的全部都是梅君，梅君的风情，梅君的眷恋，梅君的缠绵……蜜月之后，我常常借口工作忙，夜里住在办公室，很少回家，我去社区的论坛里逛，渴望能有梅君的消息，可是，每每无果。

仅仅几个月，丁玲就觉出了问题，多方打探，终于知道了关于我和梅君的过往。2005 年的 3 月，我们离了婚。丁玲说：“我只是你为了做孝子的牺牲品，可是，不到一年的时间，我便由女孩到了女人，由未婚变成了离异，你好自私。”我把我们的房子给了丁玲算作补偿，除却这些，我不知道该怎样表达我的内疚。

离婚之后，我没有搬回父母身边，在单位找了间宿舍，带着简单的行李住进去。父亲几乎和我断了联系，母亲偶尔来看看我。我知道父亲一定没有原谅我，有次我在街上看到他——五月的天气，阳光那样好，他像一夜之间佝偻了身子，头发白了，背影让人看了很是心疼。他回头的时候看到了我，在我还没有叫他之前就极快地转了身子。

4 恨不生同时，日日与君好

我一个人上班下班，习惯了寂寞，心渐渐地归于平静。母亲张罗着要给我介绍女朋友，她说，人不能总在一个坎儿上迈不过去。可是，2007 年的春节，我收拾房间，在抽屉的角落里看到了梅君留给我的那封信。三年之后，我还是孩子似的哭了。我知道，这个坎我迈不过去了。

有人说过，如果时隔多年，你一直不能忘记一个人，那就应该亲眼去看望她一次。关于爱与不爱，该与不该，或者春花秋月何时开，人们都寄希望于时间。我辗转着打听到了梅君的消息，她还是一个人，在武汉的一个巷子里开了一家花店。我去的时候，店员说她不在。我等在花店前，直到周围的店铺都打了烊，梅君也没有出来。我走出巷子的时候，后面有人喊我的名字，是一个店员，她匆匆地递给我一个纸盒，就跑开了。

2007年的元宵节，出奇寒冷。我打开来看，是一只马克杯子，杯身上刻着两行小字：“我离君天涯，君隔我海角。”我听见心底许久以来强烈的渴望和思念迸裂的声音，脸颊上有热热的东西滑下来，滑进杯子里。我跑回店里去找她，大声地叫梅君的名字，直到她出来，我看到她已经是满眼的泪水。

我用力地搂住她，不管不顾地吻上去。街上，有人在唱“声音碎片”乐队的歌：“把春天给你，把花朵给你，把夏日的深远也给你；把过去给你，把现在给你，把未知的幸福全给你，什么都不留下……”天很冷，武汉广场的空地上很多人也在放烟花，盛大而热烈，牵着梅君的手，我感到温暖而又踏实。

我们只是隔了七年，我们相守了还不到七个月，可是，如果没有她，我余生的岁月将是怎样的黯然失色？明天太阳出来的时候，依然会有很多的难题需要我们去面对，可是，我知道这一次我再也不会对我的幸福说放手。

谨以这个真实的故事，献给所有相爱的人。

第三部分

合欢街九号的来信

真想一夕忽老，你就永远是我的。

合欢街九号的来信

世界上有多少女孩子是怀着秘密，隐忍生活的。

1

连日的阴霾，无边无际。从楼下信箱里取出来的那封信很安静地躺在他的桌子上，普通的白色信封上有他的名字，粉色信纸散发着淡淡的香气。他有些意外——很久没有收到信了。两地之间的距离再远都可以用速度来衡量，有电话，有MSN和E mail，他习惯了那些女孩子用再便捷不过的方式说“我爱你”或者“我有些想你了”。

这封信不同，信上蕴含了很多故事，把他的思绪拉扯回三年前走过无数次的合欢街。街道里没有合欢花开，但是不妨碍人们这样称呼它。那条街道简单得很：几间百货店，一个棋牌室。在他的卧室里能看到对面房子里夫妻激荡的生活，有时候是大汗淋漓地欢爱，有时候是歇斯底里地吵架。

他在这巷子里住了七十八天，和一个叫欢媚的女人，年轻的身体把一夜夜扯得情色不已。以为是爱情，就什么都给，贪婪地追求着肌肤相亲身体相爱的美好。

可那是三年前的故事。

而今，这封信在桌子上放了一个下午，他在它身边坐了一个下午。梅宝来的时候，他还在发呆。娟秀的字体让梅宝有点吃味，她说："时下里谁还写信，这是你哪一段爱情故事里的主角？"

2

这封信很短："沈良，是否还记得合欢街的那些往事？"一笔一画。信封上的地址是合欢街九号。梅宝对这封信起了莫大的兴趣，总缠着他追问那段故事。他通常点燃一支烟，保持着沉默。只是，信箱里每隔几日便会有信来，把那些往事串成了片。梅宝总是会在他打开后抢着看。

来信的女子是欢媚，他的房客，租了他的房子，却付不起房租。第一个星期，她说："屋子里有蟑螂。"他在楼下买了杀虫剂，利落地消灭了它们。第二个星期，她说："屋子的窗户太透风，吹得我夜里无法入睡。"其实，还是盛夏，她每夜都敞着窗。他修了窗户，送给她一个风扇。第三个星期，她说："我这个月没钱给你，你若赶我走了，我就无家可归了。"他没再催她房租钱，因为她的眼角有些瘀血，她的手腕也是青紫的，因为她昂着头装着凶巴巴的样子让人有些心疼，因为他发现她除了说谎，有很多很多美好的品德，比如她每天早起后一边刷牙一边听新闻，每天晚上会安静地读一会儿书。

他以为她就是那么安静的女孩子——白衣，牛仔裤，没有故事。他怎么忍心让这样纯白的女孩子无家可归呢？

他没想到她还有风情的另一面。那是在学院的画室里，他看到欢媚：她只披一条浴巾，黑长的头发，单薄的肩，看人的眼光都是飘的。那不是他的第一堂人体写生课，之前，那些美丽的身体从不会让他有邪念。而欢媚不同，她的浴巾在肩膀上滑下来时，他的身体便有了反应。整整一堂课，他的画板是空的；下课后，他在欢媚的注视下，极其难堪地落荒而逃。

当晚，他把房租给了她。

3

“然后呢？”梅宝追着问。

然后，欢媚的画便成了他最美的一幅作品，他把她的影子记在了身体里。那晚，隔壁的棋牌室闹哄哄的，却遮不住她的叫声；那晚的星星很亮，却不及她眼中的光彩。这之后，她陪他过了七十八天的生活。

这七十八天是他的天堂，至今都是。他从来没有这样爱过一个女子，她一蹙眉一浅笑，全都成了他的画；他们牵着手，在这胡同来来回回地走了很多次；他们坐在八月的屋顶上，看满天的星星，唱不着调的歌，唱着唱着便会吻在一起，星星都羞得躲了起来。她写日记，每天都写，却不让他看，她说：“女孩子总有小秘密。”这一点他是相信的，如同她总是找各种借口对他说需要钱，这也是她的秘密。

房子是他母亲留下来的，母亲倾尽一生努力留给他的家产。现在，他收来房租却悉数地给了欢媚。她总是歉疚地接过钱去，然后抱住他，用力地吻，有时候他会感觉到脸颊上湿湿的。

做这些的时候，他心甘情愿，他相信爱是有回声的，你喊她一声，她便会回应一声。这个女人填满了他的心，只要她在，日子就是满满的，夜里睡醒能摸到她，他就无比安心。

才几十天的时光，他便着了魔。

4

梅宝说：“她骗了你，是吗？”

是的，最后的两万块钱取出来后，他听到阳台上的欢媚在打电话，她说：“你来拿还是我去给你送？”语气软软的，却像把利剑一样穿了他的心。

他跟在她的背后，走了大半个城市。他看到她把钱给了一个男人。

那男人有着一头长的发，黑且瘦的脸，他的手抚上欢媚的腰，他的欢媚躲了躲。他看不到她脸上的表情是不是欢喜的，但是，她穿了他最爱的那件白纱裙，那裙子是他去杭州的时候买给她的，有开得极低的领和张扬的下摆。这衣服像最有效的催情剂，她只要赤裸着身体穿着它，他的每一个细胞在触到她身体的一瞬间就会迅速地燃烧起来。她说过这衣服只穿给他一个人看。可是，现在，她穿着它在另一个男人的身边，把从他那儿拿来的钱给那个男人。

正是盛夏，阳光这么好，他还是觉得冷。

多俗套的故事，他忘了她从一开始就是善于说谎的。

一天之后，他便查到了那个男人是欢媚的初恋，她跟了他很多年，定然也想过了天荒地老。所以，她看不得他的困和苦，如同他愿意给她一样，她也愿意给那个人，哪怕是陪在自己身边，做一个偷心的骗子。可是，他们都这样相似，被骗得心甘情愿，甘愿透支，甘愿耗尽。

国庆节长假，欢媚要回老家，她回来时，便看到了他的新女友。她的东西都被他整理好了，安静地待在墙角，只等着被她带走。她看着他，脸色煞白，却装作毫不在乎，她摸了一下他的脸，说："你放心，你的钱我会一分不少地还给你。"

她的手那么凉，惹得他的心里也生生地凉成一片。

她临走的时候写了欠条给他，纤细的笔迹，字字用力，透着绝望和孤单。直到她在街角消失，他还在想她是不是骗子。他爱她，可是他很快就知道，她是不爱他的，她只是要骗他的钱，可那些曾经的缠绵和天荒地老呢，也是假的吗？

他的假扮女友说："她是爱你的，只有爱你的女人才会转过身去哭。"

梅宝很久都沉默着，电视机无聊地响着，谁都没有说话，天暗下来时候，她说："沈良，你真的要相信这句话——只有爱你的女人才会转过身去哭。"

5

国庆节，七天的长假，梅宝说要回老家去看看，没和他道别，只是留了一张字条给他。梅宝不在，他走在大街上，到处都是人群。其实梅宝在他身边的时间短之又短，他却觉得像是一起待了半辈子，她不在，心里便空了一个巨大的洞，节假日也变得冷清起来。

十月四日，他收到最后的一封信，换了笔迹，是梅宝寄来的。

"沈良，你不知道，世界上有多少女孩子是怀着秘密，隐忍生活的。她只是太爱了而已，所以别去揭她的伤口。你说的合欢街九号，在二十年前，是一个孤儿院。这么好听的名字，里面却都是残缺不全的故事。"

其实，那儿从没有一个叫沈良的男人和一个叫欢媚的女子出现过。

可是，那个欢媚其实是有故事的。她在合欢街九号长大，一个大她三岁的男孩在她少年时候就强奸了她，一直到他们都走出孤儿院，她还被他霸占着。她逃不开也不敢逃，跟着他游走在很多城市，为他怀过身孕，直到男人犯了罪进了监狱。其实本是前尘旧事了，她换了城市，一个人生活，遇到了她的爱人，一个清爽的画得一手好画的男子，他让她一下子体会到了爱情的滋味。

只是，没想到那个男人会那么早就出了监狱，追到她的城市里，一直不肯放过她，总是截住她要钱。开始她是不怕的，被他打伤了也不肯给。但是，后来便怕了，因为遇上了爱情。她不敢拒绝，她怕那些晦涩的过往遮了她在他心中的好，于是，想着用钱来封住那个卑劣男人的嘴，换她的纯白去迎接她的爱情。他要钱，她便给，而那个卑劣的男人也看到了她的软肋。

沈良，这写起来是多简单的故事。可是，就是这样的故事，让她还未来得及深爱，便粉碎了，还没有来得及说永远，便落地无声了。

真想一夕忽老，你就永远是我的。

6

梅宝的行李安静地在屋子的某一个角落里，他知道她再也不会回来了，他用自以为是的聪明葬送了她的爱情。

梅宝是朋友的朋友介绍的，遇见之后，他们都相信了“一见钟情”这个俗气的词。她说她的双亲都在国外，有着清白的过往，一切都好，不好的是，她总是有不同的理由需要钱，打往一个相同的账户。

他到底是一个俗男子，给自己写了那些信，编造了半真半假的故事，想着心里的恨，想着即使分手，也要一个决绝的姿势。

7

银行卡里总有钱打进来，时多时少，从不同的地方。世界这么小，他却找不到她。她离开的时候，正是在他身边的第七十八天，一切如事前策划好的，除却她离去后留给他的疼。

他记得，某一个黄昏，她曾经重复过他的话——只有爱你的女人才会转过身去哭。

一个女人失恋的24小时

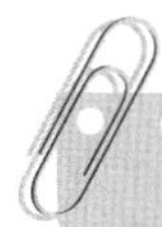

这个世界，有人离开，便有人进来，谁都无力阻挡。

22：00　何克捧着她的脸，呢喃着说："苏卿，原谅我不能给你幸福的生活。"从开始，她便知道他喜欢的是那种花自飘零水自流的日子，所以不是不能给，而是不愿给。

22：07　何克的手指游弋在她身体上，他要给她最后的噬骨难忘的美好。她很想配合他的调情，给三年的爱情画一个完美的句号。但是，她躺在他的身下，想起他刚刚说过的话，心想着：他妈的，你怎么不早三年说，那这一切都不用开始了。她的眼泪和着鼻腔分泌物，看起来很不淑女，很没情调地哭到他的身体软下来。

22：35　何克走得极不绅士，为了她刚刚的不配合，他说："男人最怕自己软了。"有点咬牙切齿的味道。何克离开后，她把灯全部关掉，祈祷自己可以入睡，却在黑暗里清晰地看到另一个她在房间里四处游走，她辗转着，有些窒息。

22：51　她翻了遍手机，通讯录里有几百人，却没有一个人和自己有着特殊的关系，全部安安静静地躺在那儿。她找了一遍又一遍，挑不出一个可以在夜里肆无忌惮打扰的人。兵荒马乱，是她此时的心情。

23：27　她去一个聊天室，男人来问："五百块一夜，做不做？"她不理会，对方死缠烂打地发着相同的请求，最后说一句："好女人才不来这儿，假正经。"

00：21　打电话给王思，她忽然想起来的，她能确定此时还醒着的人——一个出租车司机。

00：50　她接过王思的出租车，坐上驾驶室，失眠的夜晚，车像一尾墨绿色的鱼。

01：13　遇见她的第一位客人，她怀疑他是男版的灰姑娘，错过了午夜十二点的南瓜车，被剥去了燕尾服。他几乎赤身裸体，说几乎，是因为他穿的再少不过，仅有一条泳裤。

01：14　他上车，貌似理直气壮地说了目的地，她盯着他所谓的衣服，看了半天。街灯朦朦胧胧的，但是，夜色下依然能清晰地看到他脸上泛起的红晕，他恶狠狠地转过头来说："看什么，没见过男人裸体啊？何况我还穿了衣服。"她说："我真的只是想看看你在哪儿能掏钱出来付车费。"

01：27　她在最近的24小时便利店给他买了T恤和运动裤。

02：05　他说："借了钱总要还的。"她也终于知道胆子最大的人是寂寞的人，她宁可堕落也不要寂寞。跟他回了他的家，在一座小高层上，十七楼，阳台占了大半的面积，有绿色的圆桌，还有可爱的玻璃椅，桌子上的几瓶科罗娜被他们喝掉。在她感觉到云都在飘的时候，听到他说："世间男女的情事无非就是两种结果，一种是合拢，一种是分开。"她无比崇拜地吻了他。

02：10　他沉默，她不语，空气里仿佛有东西在飘。后来，忘记是谁主动的，先是舌绕在一起，缠缠绵绵的，仿佛本是一双；后来便是他的手游弋在她的身体上，有力的臂膀箍住她，他的吻柔软得如阳台的风，在她身体的每一个角落里轻轻浅浅地着陆，她感觉到清冷的皮肤上有一束又一束的花儿绽放，五颜六色，让人眩晕。所有的动作却到此为止了，她枕在他的臂上，心里有着羽翼般的柔软，安详而沉稳地睡去。

02:10 之后，她在做梦：待发的火车上，只有她一个人，不知道目的地，没有同行的路人。何克在站台上将她送上车，车开了，一直向前走。落下悬崖的时候，她才意识到他在骗她，于是哭，不是为了临近的死亡，而是为了何克的欺骗。哭到醒来，看着眼前睡着的男人发呆。他们还是睡在一张床上，但是已经背向而眠。

06:20 他有着好看的眉眼，睡得不太舒服，紧皱着眉头，他醒来后有些羞赧。他推托着说，喝高了。可是，只有她知道，喝高了的她依然记得他的吻和修长的手指，还有醇厚安稳的气息。

06:40 她在他的浴室里洗脸，梳妆台上有整套的资生堂的护肤品，他站在门口说："随便用吧，别人遗弃的。"她回头看他，猜测着这间屋子里曾经有着怎样的故事。

07:10 停在楼下的出租车被人砸了，车窗玻璃全部都碎掉，车牌被摘掉。昨夜遇见的这个男人同她一起去派出所做笔录。当那个胖胖的民警叫出他苏小小的名字时，她竟然很快乐地笑了，他也是，孩子气地吐了吐舌头，似乎为这个名字赧然。

07:15 胖民警问他们什么关系，苏小小想了半天，说"尚未发生"，笑喷了一屋子的人。被继续问到昨晚他们是否在一起，她摇头。他点头，民警有些不耐烦，顺带着鄙视了她的不坦诚。胖民警看看他们，然后问在一起做什么，神情里面有一点点的猥琐。苏小小说："喝酒，聊天，还做了点别的。""别的是什么？"胖民警很兴奋地追问。"就是，就是……就是那个……""睡觉！"睡觉这词是她说出来的，一屋子乱乱的人，瞬间安静得很，苏小小的脸有些红，她一脸无辜地瞪着眼睛，把那些目光一剑一剑顶回去。

07:50 她和苏小小坐在派出所的走廊里，苏小小问她："我们昨夜‘那个’了吗？”“你为什么说我们‘那个’了？”她回他，“我就是说了‘那个’了，你又能怎样？”他说：“失身事小，清白事大。”不止是她，旁边一个丢了狗沮丧了半天的中年男人也被很无聊地逗笑了。

07:53　苏小小接了一个电话，车是他的女朋友砸的。苏小小不停地说对不起，顺带着告诉了她：“昨晚去游泳，发现了我刚刚分手的女朋友也在，在和一个男人戏水，于是我气蒙了。”她忽然发现这故事有点意思，一对貌似分手了还在乎的变态的男女。

08:13　她向公司请了一整天的假。她坐在驾驶室里，对着镜子化妆。苏小小在清理车里的玻璃残渣，他有一搭没一搭地讲他们的故事：他们总是会争吵，分分合合了很多次，越是这样越是吵，越是分不开。因为爱，因为曾经的离开。“其实我们已经分手了。”他看看她，然后皱了下眉。这个动作让她感到恐惧，当一个人住在你的心里，你却赶不走的时候，无疑是让人惶恐的。她，苏小小，还有苏小小的女朋友，他们都是这样。化妆，化精致的妆，她想用它来遮掩她的情感，她把眼影从紫色换成棕色，从橙色换成灰色，来回地刷，尝试着刷掉不安、惶恐和悲伤，这些乱七八糟的何克送给她的礼物。

10:17　她搭了车离开，因为苏小小的女朋友气势汹汹地找来，瞪着她，瞪到自己哭得稀里哗啦。她无意把自己搅进去，她不过是借了曾经属于她的男人的一夜的温暖。

10:57　她去报名跳钢管舞。她想以后大部分的时间都可以用它来消耗。在看过《合约情人》之后，便开始喜欢钢管舞，因为它不需要别人的配合。领舞的姑娘，优雅得很，阳光折射在她光洁饱满的额头上，闪烁着动人的青春光芒，她猜想她在恋爱。

11:41　土大力餐厅，银质的餐具没有引起她的食欲，“何克”这个名字依然会冒出来。点餐的时候，坐在椅子上的时候，吃饭的时候，都在想着昨夜那个他，顺带着想起了她这三年，洗尽铅华，洗手做羹汤，韶华贱。周围有三三两两的人看过来，她才知道自己毫无遮掩地落了很多的泪。

12:37 她在附近的商场买了一条长裙，何克说喜欢妖艳的她。从那一天起，她便摈弃了长裙，常常短裤，皮裙，怎样妖娆怎样武装自己。她为自己选了一条白色的，一层层拼接起来的摇曳长裙，直到脚踝。试衣服的时候，不小心便踩到了大大的裙摆——即使它这样不方便，她还是要了它，并为它配了件价格不菲的上衣，她穿着它迤逦而行。

13:51 她在何克的公司外，看到了他，还有一个女孩子——清纯得很，梳两条长长的辫子，一笑便是满脸的明媚。原来，他并不只是喜欢妖娆。他抬手抚了抚女孩的头发，这个动作，彻底抹平了她关于他最烟火的记忆。她站了很久，看他们聊天，女孩子的脸部表情变换极快，皱着眉也显得可爱无比，她瞬间便觉得有沧桑爬上了自己的脸。

14:18 有一个高个子男生打她的电话，他说："我知道你们分手了。"这个男人追了她三年，一直喜欢这样深沉，每次说话，多一个字都是奢侈。她答应了他晚上的邀请，因为她没能想到黑夜来临时，她该如何度过。

14:35 她的美容师，一个叫从从的女孩子给她做面刮做到一半的时候，忽然哭了。她说，她不在家的时候，她的男朋友领着别的女人上了他们的床。她拍拍从从的手，没能说出一句话。这个世界，有人离开，便有人进来，谁都无力阻挡。

15:41 她打电话给那个高个子男生，拒绝了他的邀请。黑夜还是要自己度过，她希望自己可以勇敢面对。

19:03 她在电影院里看《色戒》，人很多，画面很阴暗，男主角的眼神如同想象中的阴鸷而迷人，那颗硕大的钻戒让她的心忽然沉静下来。终归是女人逃不开爱情，她宁愿理解为她为了那个钻石丢了性命。

21:19　她走在回家的路上,打开手机。看到何克的短信:“好好的,祝你幸福。”她删掉，连同他的号码。

22:00　这尘世里，谁能负了谁？无论何时，都可以仰望幸福，谁知道结果如何呢？时间与生活，或者会改变一个女人。明天，或者依然会哭，但是，抛却一切，一如纯真的生活。

那年秋天的性事

浩荡人生，恨算得了什么？

1

29岁，她长了第一颗智齿，常常疼，撕心裂肺地疼。吃饭，睡觉，都受了它的影响。

夜半，疼得睡不着，她会摇醒林南，她说："我想抱抱他。"她说的"他"，是另外一个男人。林南睡眼蒙眬地拍拍她，告诉她说："一个即将30岁的女人应该做的是每天吃必需的维生素，或者去健健身减掉偷偷长出来的脂肪，而不是常常去怀念或者悼念初恋。"

这就是林南——她妈劝她赶快嫁掉的男人。他打理一家会计事务所，人就像他的工作，理智而有序。他说她遇见他之前的发生的事情都不重要，所以他不介意她常常提起苏汉，不介意她告诉他关于她和苏汉过往的每一个细节。哪怕她说得最多的是她在14岁时，暗夜，空无一人的果园里，有初秋的香气，两个羞涩的孩子，凌乱剥离的衣服，撕裂般的疼痛。

那是她的初夜，也是苏汉的初夜。每次她同林南说起，他总是抿着唇看着她笑，眸子里的光芒柔软得如一汪清水。有时候，她会问林南:“你介意吗？”他惯常做的就是把她的长发绕在手心里,缠来缠去,仿佛能绕出一朵花。

2

林南提到结婚，她似乎没有拒绝的理由。周末，一个人跑去商场，一件件地试婚纱，袒肩的，露背的，蕾丝的，锦缎的，纯白的，淡紫的，每一件都载着繁华和隆重，她最终裸着身体坐在试衣间里盯着镜子里的女人长久地出神。

智齿越来越疼，苏汉也越来越成为她心底的暗伤。就像未经年的疤痕，总是在天气变化之时不合时宜地疼。

林南说她有浓厚的初恋情结，他说:“你的回忆全部是你想象里的样子，14 岁，你懂爱情吗？”暗夜里，想着他的话，她常常失眠，浅浅地睡着后也总会梦见苏汉。14 岁，苏汉给她的记忆始终是湿润潮湿的气息：吻是湿湿的，拥抱是湿湿的，仅有的一次欢爱，还是湿湿的。

接近婚期的时候，她想得最多的便是她怎么把苏汉弄丢了。

3

酒吧里最近人手不够，有个男人，确切地说是个男生，来应聘调酒师，眉目俊朗，眼神忧郁。不过，这些不是她聘用他的原因，原因只有一个，他叫苏汉。有着和她的初恋情人一样的名字。

他来上班，第一天，穿纯白色的衬衣，眼神亮亮的，她叫他的名字，一天里，无数次地叫。她把长发垂下来，伏在吧台上，让她胸前的丰满无意地滑过他的手，她用各种姿势或明或暗地挑逗他，下班的时候，他眼睛里的欲望已经明晃晃地亮起来了。

夜里，她对林南说:“我想和他上床。”

林南躺在床上大笑，他说:“他还是个孩子。”

她知道，他比她小了10岁。可是，没有关系，因为三天之后，他便被她带上了她的车。那天的雨下得很大，他在副驾驶座位上忐忑不安地坐着，不停地搓着手，抿着嘴唇。她叫他，苏汉。他应着侧过脸来，很笨拙地把嘴唇凑上来，轻轻啄了下。

那个夜晚，没有想象中的美好。他不行，每次坚持不了一分钟便溃不成军。屋外的雨一直下着，持续地打在窗户上，屋子里暗着灯，街角淡紫色的灯光斜斜地照进来。他年轻的脸很是赧然，一次次地亲吻她，唇湿湿的。她一次次呢喃着他的名字，身体竟然在这片潮湿里战栗。

他说，这是他的初夜。他不说，她也知道。

4

男人对于他付出第一次的女人总是有着眷恋，苏汉也不例外，他越来越黏她，会在酒吧悠长的走廊里出其不意地出现，然后飞快地吻她，在她的唇角刚刚湿润的时候，赶快转身走开。

他们还是常常跑出去，他带她去蹦极，尝试失重的快乐；去郊外，空旷无人的山里；他喜欢背着她，呵她的痒，或者大喊。他喜欢沈香艳，他说他第一次喜欢上了这么纯粹的词，干净，不暧昧。做爱的时候他叫她姐姐，他还是不行，不能坚持太久的时间，但是他的吻总是湿润悠长，弥补了这些遗憾，他常常喜欢说："你的唇好像罂粟。"

她同林南说："你不知道他和苏汉有多像。"林南为着这句话下班后去了她的酒吧，在一个角落里坐定。一分钟后，他告诉她："他们一点儿也不像，没有一丁点儿相像的地方。"那个苏汉的照片，林南是见过的，虽然只是他们毕业照上一张小小的头像。

林南说："记忆总会骗人的，他还只是个孩子。"他还是那样笑，握着杯子的手却是紧了又紧。她跟着他没心没肺地笑，把手里的ESSE香烟狠狠地吸了一口又一口。苏汉不时地看过来，在吧台上气愤地打碎了好几个杯子。酒吧打烊的时候，他把她拦进一间包房，强有力地用手臂箍住她的身体，他说："离开他。我嫉妒。"

她抚弄他的头发，笑说他是个笨娃娃。对他，她喜欢用这个词，有点暧昧，有点宠爱，还有一点点的色情。

5

那个女孩子找来的时候，苏汉有点慌张，看她的眼神满是哀怜。她在酒吧的一个角落里，冲他举杯，没关系，他这么青春，怎么会没有故事。女孩子叫他，他低着头不说话。很久，女孩子一个人转身出门，她在橱窗里望向外面的街道，女孩坐在门前的台阶上，双肩抖动得厉害。

夜里，她坐在二十四楼的天台上，喝了很多瓶喜力，仰躺着，让酒迫不及待地进入喉咙里，呛得她不停地咳嗽。后来便醉了。风吹得紧，有些冷，林南悄悄地上来给她盖了毯子，她好像听到他说："我的错误就是在另一个人没有在你心里腾出来之前，就迫不及待地进去了。"风很大，夜半醒来，又不确定他是不是真的说过这句话。

她决定放过苏汉，他才 20 岁，还真的只是个孩子。

她给苏汉看一样东西，一张绚烂的莎草纸，四周是雄赳赳气昂昂的太阳鸟，中心写满了字。苏汉疑惑地看她，她说："这是结婚证，用一种已经无人识别的文字写的，上面的名字是苏汉、沈香艳。"

那是 24 岁那年，在埃及的一家店铺里看到的纸，同行的导游说，这是结婚证，填上你想填的名字就可。店主是个艳丽的女子，拿着一支蘸满了金粉的纸莎草茎削成的三角形短棒，不停地用这根魔棒在契约上比比画画，看着她用古埃及的文字一笔一画地写上去，心里充满了虔诚。导游说，这样就可以"万古长青"。她听着这个词，忽然觉得不舒服，总该用"白头偕老"这样的词，万古长青听起来颇有些决绝的。

她说："其实只是因为你有一个和他一样的名字。"苏汉一直呆呆地盯着她，她说这些，像是听来的别人的故事。他的表情有些绝望，慢慢凝聚了愤怒。他最后做的一件事情，就是把茶几上的玻璃一拳打碎，涌出来的血呼啦啦地流了一地。他说："我恨你。"

智齿，疼得放肆，哪儿还有力气说话？浩荡人生，恨算得了什么？

6

林南说："婚礼上你会不会做逃跑新娘？"她笑着摇头。他的手指摩挲在她的心上，他说："我不介意你这儿藏了谁，我只介意有没有我。"

可是，苏汉约了她，她说的苏汉是隔了十六年的苏汉。不知道在哪儿弄到了她的消息。那天他们都喝了太多的酒，他隔着笨拙的餐桌伏过身子挑衅她："你敢不敢跟我走？"于是，便走了，搭车去了宾馆。房间的门刚开，她便被他重重地压在地毯上，纠缠，撕扯，他说："香艳，你记不记得我们在一起的那个春天，满园的桃花都是粉红的，我常常想……"

苏汉一直在说话，如同一个尘封了许久的盒子被打开，里面飞出的灰尘顿时让她的眼睛灼痛。没有想象中的抵死缠绵。她逃出了宾馆，给林南打电话。

她在车里哭到气结，她说："他根本忘记了，那不是春天的夜晚，是秋天，有满园的桃子的芬芳……"

那些往事怎么可以忘呢？湿滑又轻浅，有杀戮的力量。夜里，她缠着林南一次次地要，林楠很投入地配合，30岁的男人，他无疑是最棒的。

婚礼的前夜，她看着那张来自埃及的"结婚证书"，她笑，笑得眼睛有点发涩。一个已经覆灭了的王朝，一种已经消逝了的文化，一套已经无人识别的文字，记载的该是一段多么晦涩的往事！她看着它们在火中飞舞，有些妖娆的意味，决绝，尽了缠绵。

有些人，有些事，注定不能相守，就像他们当年无疾而终的恋情。

■

林南带她去拔掉智齿。躺在病床上，她想，那些撇撇捺捺的疼，很快就会过去了，很快。

男闺蜜都是骗人的

贼入宝山，从不空手而归。懂吗？

宁小鱼很鄙夷谢佳的小资情调。

他想不明白，为什么好不容易攒上点钱，谢佳要先屁颠颠地跑到贵和商城去换一个一点儿也不实用的LV手提包。五位数的价格，让宁小鱼的脚下似乎踩了风火轮，拉着她便往外走："摊儿上50块一个，你脑子彻底完了，手术都整不回来！"他的声音那么响，谢佳恨不能让四面八方的目光都化成利刃，刀刀剐在这个聒噪男的身上。

谢佳认识宁小鱼十六年，他是她的男闺蜜。

他们一起生活在离家600里的地方。逛街，看电影，做一切好朋友可以做的事情，甚至谢佳生理期他都能帮她捎包卫生巾来。《失恋33天》特别火那会儿，谢佳问宁小鱼："你这个比王小贱还贱的男闺蜜，不会对我有意思吧？"

他看着她，温柔地说："你就像一只等待剖开的橘子。可我最讨厌吃橘子。"其实，她真没心思管他爱吃什么，她一颗心都在桑昊身上。

打肿脸充胖子地买LV包，也是为了在桑昊的生日party上秀一把。她喜欢他眼光温柔，常带着笑，像黑虎泉边的柳，让人眼里心里泛迷雾。

宁小鱼却不喜欢他，他说桑昊身边的红颜一堆又一堆。他不懂，男人有很多种，有种男人能够在女人间活得百媚丛生。桑昊在他们银行里的揽储量总是第一，他的奖金永远比别人多；谈起国事民生、文韬武略，他如话家常；即使打保龄球，全垒的也常常是他。所以她把宁小鱼的诋毁归结为嫉妒，认识桑昊之后，她甚至有点同情宁小鱼：上班，下班，严冬去植物园踏雪，酷暑去纬九路甩开膀子吃羊肉串；除了陪她逛街，就是在BBS上灌水，生活像白开水一样乏味。

宁小鱼却说："知道什么叫境界吗？心端行直，自由自在，才能像我这样，把蜗居住出广厦的味道，把购物袋用出LV的格调。"

过后，他忽然想起什么似的问："你不是爱上桑昊了吧？"

谢佳红了脸。他一脸鄙视："别以为男人对你示好就是喜欢你。贼入宝山，从不空手而归。懂吗？"

2

谢佳的妈妈打来电话"查岗"，问她有男友了没，她搪塞着说快有了。老妈又说："小鱼那孩子多好啊，你怎么就不考虑呢？"

老妈老了，不能明白恋爱的感觉。爱是要有悸动和羞涩的，最起码当你想起他时，心里会像陌上花开般的喜悦。可宁小鱼呢，他们认识了十六年。十六年，够打两次抗日战争的时间。她知道他小时候的模样——白衬衣，笑起来傻傻的。她上课偷看琼瑶小说的时候，就让他把后背挺直，帮她挡住老师的眼光。她有时候会在起立之后拉掉他的凳子，让他坐个空，惹得满堂笑。有时候又会向他示好，借他作业抄一抄，当然，宁小鱼想到谢佳估计也不是翩翩少女的模样。

她对宁小鱼说："就算你光着身子追我两公里，我回一次头就算我流氓。"是的，过去，他是她的蓝颜知己，如今赶个时髦，他是她的男闺蜜。

桑昊却不同。想到他的时候，便是他干净的袖口和修长的手指。宁小鱼说谢佳那时候表现出来的一脸馋相，就像在沸腾鱼乡巴巴地等水煮鱼。埋汰完了，他突然文艺了起来："如果你的人生是一部电影，那么我就是弹出来的广告。"她顾不上他难得的矫情，心里想着明天是穿蓝色的套裙还是白色的短装。

桑昊的 party 开在了索菲特四十九楼的旋转餐厅上，济南的最高处，转身便可以看到泉城的夜景。几个菲律宾歌手唱着《甜蜜蜜》，这样的环境特别容易让人醉。桑昊的手向谢佳伸过来的时候，周围一片尖叫声。谢佳的脑子里盘旋着王子和公主的经典爱情桥段，她甚至能感觉到自己的心跳。突然，她听到桑昊说："谢佳，你是不是能搞到蔡琴演唱会的票？"

她猛地睁大了眼睛，神志一下子清醒了。眼角瞥到宁小鱼，他无动于衷地站在人群里，脸阴得能滴下水来。

3

十六年了，她才看清宁小鱼就是个小肚鸡肠的男人。他干的就是这行，弄张演唱会的票对他来说小菜一碟，但他却一口拒绝。

她只得咬牙花了 1280 元买了 VIP 的票，满心欢喜地打电话给桑昊。他说："好，我们在泉城广场见。"12 月的天气，硕大的广场像个战场，她像刘胡兰一样站足了一个小时，几乎冻晕的时候才等到他，却听到他说："怎么只有一张票？"

只有一张？他以为她是出票机？

宁小鱼拿着两杯热奶茶屁颠颠地跟在谢佳身后，她一路走一路哀号："你没良心，不仗义，十八辈子没干好事才会认识你，把你丢进太阳系都嫌不够环保！"他一脸幸灾乐祸。回到家，她默念着桑昊的名字算塔罗，权杖给她启示：再等等。她是个认命而又听话的女孩，不愿违背命运的指示，真的打算再等一等。

她把自己揽到的大客户暗暗地移给了桑昊，他在无人的工作室悄悄地靠近她，在她耳边说谢谢，声音柔软，让人浮想联翩。宁小鱼知道了，盘腿坐在沙发上数落："有你这种闺蜜我都嫌丢人，你就是吃了不懂音乐的亏，一会儿不靠'谱'，一会儿不着'调'。"

她大咧咧地搂住他的肩："宁小鱼，要是喜欢我，你就直说哦。"

他使劲抬抬肩，说："铁杵能磨成针，但木杵只能磨成牙签。人不对，再努力也没用。"

宁小鱼这话说完还没过三天，桑昊便约了谢佳。MSN 上他说："索菲特，3102。"她没想到会是这样的方式，心里有些别扭。可她觉得她喜欢他，他的世界是她未曾接触过的，他的品位和格调是她向往的，他让她对生活充满了斗志。虽然宁小鱼说："他身边的女人要穿名贵的衣服，端着架子，忍着委屈，喘口气都得考虑下频率。"她还是决定不退缩。

快到酒店，宁小鱼来了电话。他炫耀着自己抢到了沸腾鱼乡的座位，他说："来晚了我可不买单了啊。"她搪塞着拒绝，房门开了，桑昊只裹了一条浴巾。

城市的灯光都已经亮起，向下看便是泺源大街的火树银花。谢佳却没有欢愉初来的期待，桑昊竟用了这样直白的方式——他笃定她不会拒绝他。

忽然很想念那个宁小鱼。桑昊说她是个风情万种的女人，这话他说得无比顺畅，他抚着她的头发叫她宝贝，她的情绪却不配合地跌回冰点。她忽然在想，宁小鱼的吻会是怎样的呢？一定是细细绵绵的，很慢，很暖，像风雨之后屋檐上的积水，润泽，柔软。

4

桑昊挨了她没情趣的一巴掌。她甚至等不及电梯，顺着楼梯就往下跑。

三十一层楼，她想了十六年来的往事。宁小鱼来到了她毕业的城市，他给她房门钥匙，对她没有一丝的秘密，她需要的时候他总是在，他还经常奉她妈妈的命令陪她做这做那，连她吃西红柿必须剥皮都知道。铁打的红颜，流水的女友。他却连流水的女友都没有，但她一直以为他只是闺蜜。

走过酒店大厅的时候，她看到了宁小鱼。他一脸着急地对宾馆服务员形容："个子高高的，瘦瘦的，很漂亮很漂亮的女孩子。"他用了两个很漂亮。平日里，他总说她没长开，又瘦又没味道。他转身的时候看到她，咧开嘴便笑了。她含了眼泪，像个摔了跤碰到妈妈的孩子朝他走去，他却扭头走了。

三天，史上最长的谢佳没有宁小鱼消息的日子。

她终于给他打了电话，他没等她说话便说："当初觉得你惊艳了我，是因为当时我世面见得少。"世事往往如此，想回头也已经来不及。即使你肯沦为劣马，不一定有回头草在等着你。

日子被拉得很长，一天似一年一样难熬。桑昊愿意表现得真诚一点的时候，谢佳的心里却已经换了天地。妈妈打来电话，很八卦也很兴奋："宁小鱼找了个女朋友，博士呀。"博士有什么了不起，博士招生扩招了懂不懂，大街上一抓一把。平生第一次，她摔了至爱娘亲的电话。

宁小鱼很兴奋，微博上写着新感言："孔子说，三人行，必有我妻。择其善者而娶之。"很多年，谢佳没有这样伤心过。她妈还在传递他的八卦：什么宁小鱼估计年底就结婚了，什么两人甜得和一个人似的，走路都拉着手。谢佳在这边嘴巴撇到眼眉："小儿麻痹症啊？掰都掰不开。"她妈说，人家又不是抢了你男朋友，你们不是闺蜜吗？

她一口气没上来，落了一脸泪。

5

没有宁小鱼的午餐，味同嚼蜡。

谢佳终于知道，艺术来源于生活，电影不是骗人的。这世界上，没有异性恋的男人每天陪着你、伴着你，分享你一点一滴的情绪、挤进你一分一秒的人生，然后他不爱你。

王小贱爱黄小仙，宁小鱼爱谢佳。黄小仙被王小贱的装GAY举止骗过法眼，而谢佳最傻，是她自己骗了自己，一骗十六年。世界上本没有路，走的人多了，就成了路，这世界上本没有男闺蜜，骗自己的时间久了，还是成不了男闺蜜。

人事科长见谢佳一个人，问她："小宁家里出了什么事情，要请半个月的假？"

这话如醍醐灌顶，宁小鱼的反常的强势，她妈妈的反常的唠叨，这一切的反常这么像一个合谋，谢佳竟然没有意识到！她扔下盒饭就给宁小鱼发了信息："我答应了桑昊，加油，各自幸福哟！"不是不回来嘛，那就在家耗着吧！

她打电话给老妈探口风，她妈说："他跟猫挠了屁股一样订了机票往回跑，出什么事了？"她来不及听她絮叨，搭了出租车去机场。路上，催着司机快点再快点，她想好了见他的欢迎词："大哥，帮我在配偶栏签个名呗。"

零点零九分，结束一个故事

女人夜半的流泪，大抵是为了爱情或者与爱情有关的男人。

1

他知道陆子放早晚要把沈青青带上床，从他借住在他们阁楼的第一天起，就知道这个结局，只是没想到才隔了七日。就像今晚睡下的时候，沈青青给他的吻是敷衍的，凉凉地滑过他的脸颊，但是，她的身体是热的，贴在他的皮肤上仿若着了火，他知道这热情不是给他的。就如同一个小时后的现在，她的火燃上了陆子放的床。他站在通往阁楼的旋梯上，听到沈青青的声音，从轻声低吟到急促喘息，寂静的夜，无比婉约。

他能做的，只有安静地下楼，一步步把自己挪回床上去，在沈青青踮着脚走回来的时候，扭转身子，装作睡得一塌糊涂。

在沈青青的面前，他的爱永远是低微的。

2

陆子放是在七天之前敲响了他的家门，他刚从海上回来，穿着休闲的夹克和来路不明的牛仔，头发乱成一团，胡子已经长满腮，看起来憔悴得很。他说:“这个城市里,老同学只有你,所以直接来打扰了。”这是他做事的一贯风格，这个在大学里便以桀骜不驯而出名的男人，做的每一件事情都不像俗世的男子一样遵循守纪。

他说只住二十天，船起航的时候，他便要跟着走。偌大的房子连带着顶层的阁楼都空着，他似乎说不出“不”，即使他注意到在他看到沈青青时眼里亮起的光芒时，他还以为二十天是短之又短的时间。

当晚，陆子放洗过澡，理过发之后，便成了一个清新爽目的男子。他买了那种二十年的二锅头，辛辣刺激，热烈地邀请他和沈青青。席间，陆子放说起他的一路见闻，讲他遇到的俄罗斯美女，讲他被海浪打下船板又神奇地打回原处，讲他在拉斯维加斯的赌城只用了 100 美金便赚了个满怀。他坐在顶楼上，依然是过去那个善谈的男子，在哪儿都是焦点。那晚不同的是沈青青，陆子放夸她清纯美丽，她的脸便红红的，还破例喝了酒。陆子放不停地说，她瞪大了眼睛，始终在笑，一次次地问:“真的吗？真的吗？”夜灯映在她的眼睛里，两个人都是迷人的光，唯有他沉默着，心沉到谷底。

睡下的时候，她有点醉，唇贴着他的耳朵，整个人兴奋得很，他知道，陆子放给这个连网络都不感兴趣的姑娘展开的是另一番天地的美色。

3

沈青青的笑越来越美，她恳求他让陆子放陪她去买衣服，甚至开始尝试着抽那种 YSL 的香烟，她还把头发烫了，变成弯曲的鬈发，她说:“这样会不会风情些？”她开始喜欢穿麻质的长衫，每天花很多的时间化妆，她的唇总是艳红的颜色，似一朵娇艳的花，湿润地绽开。他知道这些美丽和变化，不是因为他，也不是给他的。她变得越来越大胆风情，甚至陆子放说他可以连着做两个小时的时候，她也是不停地笑。在以前，有人讲个略带些荤色的笑话，她也会羞红了脸。

夜里，她问他："可不可以在楼顶上种些太阳花？"她喜欢那种简单的植物，有红的，有黄的，种在土壤里会呼呼啦啦地开出一大片，他们城市的人都叫它"死不了"。她什么颜色的都喜欢，她说看着它们便有了不一样的心情。

她撒着娇对他说："种嘛，我想要一屋顶的花，什么颜色的都有。"他拍拍她的头，问她："那样空旷的水泥地，怎么可以长植物？"她噘着嘴，不情愿地去睡。

就是那夜，她上了陆子放的床。

他看到陆子放撕开了她的睡衣，把她扔上了他的床。他那么粗鲁地扑上去，他的身体健壮有力，他的手臂便可以撑起她整个的身体，他给了沈青青从来没有体验过的欢爱。

4

他知道，自己只是她的过客。他也知道，这世上的好女孩，多半会爱上一个浪子。

这几日的白天，他同往常一样送沈青青上班，然后在街道的拐角处，看到她以极快的速度搭车跑回家。他站在马路上，想象着她的迫不及待和他的激烈。夜里，他把头埋进她的身体里，长久的沉默和舔舐，即使他知道那里在白日里刚刚沾染了别人的气息。他喜欢听她的誓言，她曾说过："我不会离开你，因为我是那样爱你。"这句话，仿若生了甜美的翅膀，让他的心温暖至极。他相信这是真的，就像他相信，她只是迷恋陆子放的身体而已。

直到他吻到她耳朵上有着湿热的咸，她定是刚刚哭过。女人夜半的流泪，大抵是为了爱情或者与爱情有关的男人。

陆子放说："你可以给她在楼顶种些太阳花。"他说的"她"，指的是沈青青。只有当一个人和另一个人亲密到一定程度时，才会用"她"来代替名字。

“有些东西本该在它应该生长的地方好好继续，不管苦痛还是快乐。”他这样回答陆子放的时候，陆子放轻轻地吹了声口哨，他说：“这几年没见你，你忽然变得哲理了。”

陆子放转身回房间，忽然说：“你有没有觉得，让她生长在你身边，是很自私的事情？”

这是他和沈青青的私密，连这样的私密，她也告诉了他。

5

五年前，朋友介绍他和沈青青认识。第一次见面，沈青青客气地要骑摩托车送他回家，就是那晚，车子出了事故，为了保护她，他从河堤上滑下去，伤到再不能做一个男人可以做的事情。第二日清晨，沈青青说：“从看到你的第一眼就喜欢了你。我愿意嫁给你。”

她的目光那么真诚，在医院里有她相伴的那些美丽的日子，仿若空气都发着光，他便以为是真的。应该是真的。五年，他能给她的只是手指和唇带来的少之又少的欢愉，她却从来没有过抱怨。对于他的努力，每次她都是极力配合。床第之间，她说：“我很快乐。”

他执着地以为，即使爱情秃到荒凉，他也要奋力开垦。陆子放的话，将他的自以为是悬在空中，被风吹散。他终于相信爱情只是一种季节性植物，即使你不肯放，也束手无策，更或者，这爱情从来没有来过。

沈青青说，他还有一星期就走了。他的心一阵紧过一阵地疼，人是不能习惯依靠的姿势的，习惯溶进血液，便再也无法抽离。五年，他习惯了沈青青；十三天，沈青青习惯了陆子放。

夜半，沈青青说：“我要跟他走。”她紧盯着他的眼睛，她说：“对不起，我要跟他走。”是爱情让她成了不肯将就的女子，眉眼里的决绝与坚定都为了一个男人。

那时，他已经在努力地想办法，想要在楼顶给沈青青种大片的太阳花了。

6

大院里那个叫文欣的姑娘，泪汪汪地拦住他，问陆子放何时走的时候，他便知道陆子放不会带走沈青青。因为陆子放喜欢花，而女人又哪儿能跟一个爱花的男人要忠诚。但是沈青青不懂。

她试图取得原谅，他的或者自己的。她说：“子良，我陪了你五年，算不算是够了？”他点着头，说：“够了，足够了。”即使，五年，那些日子纠缠成一张网，将他缠得密密麻麻，左突右奔，找不到出路。

他问陆子放：“你会不会带她走？”陆子放躺在沙发上，看嘴里的烟圈一点点地冒出来，“你说呢？”他不说，他也知道是这个答案。

陆子放早出晚归，几乎看不到他。沈青青说：“他是不知道该怎样面对你，又该如何地请你原谅。”五年，他懂沈青青；十三天，她却不懂这个叫陆子放的男人。所以，她不明白，他对女人的不负责任，如同她不知道他所有说过的话和做过的事情都只是因为他的欲望。他最不可缺的便是女人与爱情，这样的男人，简单的沈青青永远不会懂。正如，陆子放许诺她的太阳花，也只是许诺而已。

可是，他已经想到了在楼顶种太阳花的办法，只是等待着合适的季节来到。

7

他想沈青青是遇见了这种叫作爱情的东西，她的傻和天真在他的心里全成了心疼。他往楼顶上搬土，有人说这个季节怎么可以种花。他只是想她走之前能看到它们，哪怕它们只是以萌芽的姿势存在着。

沈青青仔细地收拾屋子，凡是她的，能扔掉的都扔掉，其余的都放在她的行李中。有时候，她会停下来，说：“把我的东西都清理干净了，你就不会想我了。”他坐在沙发上盯着一本杂志，上面有两只猫，一坐一立，眉眼里的恬淡让人温暖得想哭。

临行的那晚，陆子放一夜未归，沈青青在他的阁楼彻夜未眠，甚至有些歇斯底里，她说："他会不会带我走？"他摇头。她再问："会不会？"其实，他知道陆子放在哪儿，此时，他或者已经喝得大醉，躺在那些女人的怀抱里。

零点，沈青青说："我怀孕了。"

8

这是他为沈青青做的最后一件事情。零点零九分，他在大院的门口等着陆子放，向他要一个结果，关于沈青青与这个孩子的结果。

陆子放喝了很多的酒，依然是笑，他说："怎么可能？你知道，我最讨厌婚姻和孩子。"他说得无比轻巧，却忘记了他最讨厌的是陆子放的笑，所以，他把刀子插进他的胸膛。他不笑了，说："对不起。"他还在想，人怎么这么脆弱，怎么只一下，便落了一地的红。

沈青青走了，这个城市总是阴雨绵绵，天空始终是接近灰色的微蓝，忧伤绝望。

他没告诉她，楼顶上的太阳花已经发芽了，或者有一天，她会回来，并且看到。他愿这些花会陪着她一起到地老天荒。

芙蓉巷B座13号

他竟然爱上了这样的生活。一个女人，一间房，全部都是自己的风景。

1

当他发现身后的这个女孩已经尾随了他半小时，并随着他停停走走地绕了三条街道之后，他决定停下来。见他住了脚，女孩有些慌乱，装着若无其事地超过他继续向前走，直到发现这是个死胡同才停下。

她说："你很像一个人。"听到这句话的时候，他笑了，这样的搭讪台词他倒是熟悉的，总有些女人会在一些场合说类似的话，含蓄的女人会说，你很像她的前男友，直白的女人会说，你很像昨天和她上过床的男人。他能理解她们的潜台词，所以从来没有让她们失望过。

那天的晚餐他们是一起吃的，他们去了胡同里的一家老餐馆。桌椅笨得很，进门便有店小二热情地喊客："来了您哪！"

一屋子的热烈。热热闹闹的气氛里，他端杯子的时候，手碰到她的手。只是一瞬间，他的心里便升腾出焦灼的渴望——渴望那只手一路攻城略地。这欲念急促得很，以至于他看她的时候失了神。他记得曾经的一个女友说他是个典型的射手座男人，只会用下半身思考问题。

或者，这是对的。

2

她有个很好听的名字，叫沈若北。走出餐馆的时候，小巷子里很安静，间或有情侣模样的人在纠缠着。

他说："我做得最好的事情就是爱。"

她竟然回应他："会的。有一天，我们一定会的。"然后，踩着细细的高跟鞋走了。

她说得没错，只过了三天，她便来找他。偌大的小区，她一家一家地问下来。敲开他房门的时候，她说："你想不想喝我煲的汤？"她果真是为了来给他做饭的——山药枸杞炖排骨。

她在厨房喊他的名字，问他："盐和味精在哪儿？"

他走进去的时候，她说："我真想你从背后抱抱我。"

汤还在炉子上，有着诱人的香气。她家居的气息也让他犯了馋。

他把她抱进卧室。上了床之后，她变成了另外一个人，她让他叫她小丫，要他亲吻她的耳垂……她完全占了主动，可是他享受这样的摆布。下了床的沈若北问他有没有可以结婚的女人，他摇头，说他拒绝婚姻，因为不能决定自己能否和某人过人间烟火的生活，并且老是说谎。

她竟然笑了，说："这样很好。"

3

他们像恋人一样开始生活了，她会在每个周末来他的家，并且以女主人的姿态把屋里的家具重新摆放了位置。床单，被罩，甚至窗帘全部都换成了她喜欢的。拉着他去商场，买了很多日用品，拖鞋，抱枕，全部都是成双成对的；还有卫生间的小熊牙刷，粉色、蓝色相偎依着，看起来相亲相爱。楼下超市里胖胖的女店主总是羡慕他们的甜蜜。可是，她从来不留下来过夜，再晚也要离开。他想这一定是个有故事的女人。但是，这么寂寞的人，这样陌生的城市，能有个不求结果的女人来聊以慰藉，安然地相处，却是再好不过的事情。

他们之间好像从来没有说过爱。她来了，他的心便宁静了。他坐在窗边的小凳子上看些闲书，偶尔从书里抬起头来看看她忙碌的身影。一切，都是再美好不过的事情。夕阳会洒满他们的房间，那些湛蓝或者粉红的物件上会有着温暖的光。她喜欢赤着脚，时不时地亲吻他一下。他们也会做爱，在宽大的床上，辗转，缠绵。她始终像一汪水，柔软，却让他欲罢不能。

他竟然爱上了这样的生活。一个女人，一间房，全部都是自己的风景。他发现，他竟然开始猜测她的故事，却猜不出。于是沉默，心底偶尔会生出些惆怅来。他以为这样安稳地过下去，是再美好不过的事情，他的心却开始渴望黑夜里有她。每次，无论他给了怎样的理由，她都不肯留下，走得决绝，只留下满屋子的安静和焦躁的他。每周周末的两个白天，他习惯了两个人吃饭逛街想事情，习惯了两个人看冗长的电视剧，习惯了两个人的身体。枕头上还有她的气息，卫生间里还有她的头发，她的香水还在桌子上。这似乎是他们共同的家，夜晚却属于他一个人。下一次她离开的时候，他便为此生了气，她说："我只是填补你每周两个白天的寂寞而已。"她转身离开，把门关得震天价响。他悲哀地发现，她一走，他便开始想念她了。

4

初夏，路两旁的夹竹桃都呼啦啦地开疯了，他们痛痛快快地吵了第一场架。在街头，她看到了他和一个女人，其实只是一个路过的女人，要他帮忙替她的男人试穿一下衣服。看着那女人的眉眼里全是甜蜜和暧昧，她皱着眉头扭身离开。他知道，在她眼里同他清白的女子是不多的，她习惯了把过去那些投怀送抱的女人理解为现在进行时。

当天晚上，她便跑了来，她说："你可以找她们享乐，但是不允许你把她们带回家。"她站在门口，气得嘴唇都是战栗的。他胸中的火呼啦啦地燃起来。不是因为这句话，而是他发现，自从认识她之后，他再也没有过别的女人，竟然像个情窦初开的男孩子，一心只等待着她每隔五天的垂爱。他说："你以为你是谁？"

那夜，他们吵得声嘶力竭。门一次次被摔响，直到他们都爬上床为止。好像所有的怨恨都是在床上解决的，像两只暴躁的豹子，沉默着，相互迎撞。一屋子的沉默，除了肌肤绽放的噼噼啪啪声。

那夜，她没走。那夜，是他 30 岁的生日。

第二天的清晨，他在镜子里看到自己，老了。

5

他说："我们结婚吧。"她说："不如先去度蜜月。"真的去了，在日照海边的一处渔家。悠长的小路，到处都是卖泳衣和海鲜的农家。他们的房主是一对慈眉善目的夫妇，房子简简单单，10 元钱一张床，简陋得很，隔壁人打扑克的声音像是在耳边，她却无比欢喜。

所有的人都以为他们是在度蜜月，每餐饭他们都去街边的地摊上吃。乱糟糟的却热闹得很。她兴致勃勃地去和人砍价，为了 1 元或者 5 元钱浪费很多口舌。

在海边，海真蓝，她光着脚丫，对着大海一遍遍地喊："莫林，我爱你。"莫林是他的名字。他们拍了很多的照片，海边那个摄影的师傅一直跟着他们。他说："你们是我见过的最浪漫的夫妻。"夜里，他们躺在床上，说很多的话，甚至说到哪一年要孩子，哪一年积攒多少钱。夜都累了的时候，她伏上他的身体。

这一夜，她是渴的，浑身像是一团炙热而压抑的火。她的指尖和唇都是燃烧的温度，身体更是热辣辣的。她始终控制着他，他仰躺着，看到她微闭的眼睛和性感的唇，天上人间。

她说："我有一个男人，是医生。他家是医生世家。"欢爱之后，她一身汗水，这句话袭在他的心里，像海水一样咸。

天明的时候，她在他的身下。

她说："我三天之后要结婚了。"

她说："你会不会想念我？"

她说："你会忘记我吗？"

她说："如果你不能忘记我，你就去找别的女人。"

她说："如果我来找你，请你一定叫我离开。"

…………

他统统点头，枕上已经湿了一大片。她摸着他的头发，喊他："傻孩子。"身体里积聚了千军万马的力量。如果可能，他真想他们就这样死去。

他记得那些欢爱后的黄昏，她就在他身边，偎着他的肩膀沉沉睡去。那时候，他就知道，他们有一天会分别。可是，从最初到最后，他们都没有过承诺，所以，他甚至无法说一句伤痛或者决绝的话。

6

她的婚礼他去了，新郎的位置是空的。有人说，他们早就订了婚期，在选结婚照那天，那个城市下了有史以来最大的一场雨。他们出了车祸，男人将她用力地抛出车窗，自己却成了植物人。她照顾了男人一年。有人以为 365 天这么长，或者会有奇迹，但是没有，只是有无法言说的失望，男人依然没有康复。

新郎的母亲给她戴上戒指的时候，他听到她说："我愿意。"没有一丁点儿的迟疑。他坐在角落的一个餐桌上，一群人都是陌生的。敬酒的时候，她看到了他，盯着他的眼睛是湿的。

走出酒店的时候，看到他们的婚纱照，男人有他熟悉的眉眼，可是，他已不是最初的那个爱情替身。想起她在婚礼上说："我没法离开他，这是我的责任。"他的心里便有疼一波一波地涌上来，为什么他不是她的责任？

他以为男人和女人的游戏仅仅是勾引，为什么后来烦恼的却是爱情。

7

阳台上，她种的花儿还在。他还记得，花开的那个下午，阳光晴好，她把他的手放在自己的肚子上，一脸真诚地说："我们生个宝宝吧？"他点着头答应，她又撒娇说："不给你生，就不给你生。"先前，他还以为那些都是调情的话。

下雪的天，门外有她的脚印，来来回回，纷纷乱乱的一片。她始终没有敲响他的房门，他站在门后面，与她隔着一个世界。他哭，她也哭。夜很黑，有一个声音告诉他，让她幸福的方法便是：让她的美丽与哀愁、衰亡与爱恨都不要与他有关。

他常常去想她在那个男人身边做什么，后来，他便不敢想了。想起来，便是疼，疼得一波接一波。

他搬家的前一夜，她来过。隔着玻璃的距离看着彼此。她没敲门，他也没打开。她朝着他笑，那笑容慢慢被泪水淹没了。

离开的时候，他看到她的口形是在说："再见。"是的，再也不见。

芙蓉巷B座13号是他住过的地方，这儿的故事，有一天，谁都会忘记。

最适合接吻的距离

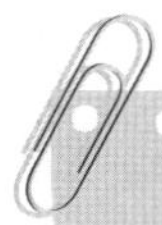

爱情，总是这样，早了或者迟了，都只能是一个人的事情。

1

阳光从红色的房子外面照进来，暖洋洋的。他和女孩坐在星巴克，服务生送来哈根达斯，25元钱一客，只是小小的一个球，盛在精致的玻璃杯里。女孩很夸张地笑，看着他，满脸的惊喜。他说："北北，对不起，我要走了。"他看着她脸上的笑，像失彩的油画，一点点被人擦了去。

六年前，他和北北蜗居在他们10平方米的小屋里，他问她的愿望，她说："苏青，等我们的生活好一点，你带我去吃哈根达斯。"六年之后，他带她来了，却是最后的一餐。

回去的时候，南平问他是不是跟北北说了，他点头。南平说："你混蛋，那么好的女孩子，你不要。"他把自己扔在床上，身体埋进垫子里。是的，六年，她都在他的身边，可是，无数次老妈催着他找女朋友，他都是敷衍，朋友聚会，他宁愿自己一个人去。北北一直生活在他的圈子之外，除了南平，他没有把她介绍给任何人。其实只是很简单的原因，她比他矮了20厘米。他一直以为他没有想象中的爱她，不然，不会在意她 156 厘米的身高。

2

认识北北，正是他最落魄的时候，父亲的生意一夜之间发生了变故，家人咬了牙，托了很多的关系把他送到大学后，再也没有了多余的钱。他只有利用课余的时间去打短工，帮人端盘子，卖书，忙得像个陀螺，生活疲惫而困顿。

冬天的一个午后，他在天桥下卖唱，生意同阳光一样惨淡。唱到最后，他已经是在为自己唱，他一遍遍地唱《桃花朵朵开》，兀自沉迷着，直到看到她蹲在他面前，双眼含着泪。

临走的时候，她帮他收拾工具，他们走了七站路，来到她的家。北北在他面前褪去所有的衣服，她说："苏青，你要我。"她娇小的身体泛着青瓷般质感的光芒，让他眩晕。她匍匐在他的身体下，十指纤纤，在他的敏感部位上划着水样柔波。他感觉自己像一只飞鸟，在急速流离之中双翅扑打着浪尖，奋不顾身。

她说："苏青，你唱歌的样子，我很多年以前就梦到过。"

3

1997 年的夏天，闷热而烦躁，城市里对于流动人员管理很严，无论在哪儿都需要暂住证，而他俩没有钱去办。晚上，联防人员来查的时候，他们就躲在床下，在漆黑的空间里沉默地拥吻，直到他们走远。热得睡不着的时候，他们就去二楼的房顶，他弹吉他给她听。满天的星斗下，她总是心怀向往："苏青，我们一辈子都这样，该有多好。"

她爱他，因为爱；他爱她，因为情。在他生活的有限的二十二年里，除了他妈，没有人比北北更爱他。他喜欢穿白衬衣，她就每天都给他洗得干干净净，她把它们泡进水里之前，每次都是低下头去深深地吻一下，满脸的幸福。13 块钱，她每天变着花样给他煲汤，她说："苏青，我不让你这样瘦。”小屋里到处都是暖暖的家的味道，这一切让他感动。她的身体常常让他有太多的欲望，于是，几乎每个夜里他们都互相索要，从柔软到激烈，抵死缠绵。她的身体因此丰盈而润泽，她总是很投入，每次都会在他耳边呢喃着好幸福。每个夜晚，她在他的臂弯里睡着，纤细的身子偎着他，他想这就是习惯，无关爱情。这个城市处处都是铜墙铁壁，只有她给他温暖，所以，他们在一起待了六年。

4

六年里，每次同她接吻，她总是很吃力地踮起脚，很短的时间，小脸便红红的。他对北北开玩笑：“接吻的最佳距离是13厘米，我们差了点。”后来，北北开始穿高跟鞋，高高的鞋跟正好7厘米，除了几次不小心扭了脚，她好像很快地适应了这个高度，她经常说：“苏青，这样吻我，你是不是不会太累？”男人大多很贱，他也不例外，她很多的好，常常被他没心没肺地忽略。

他的策划书忘在家里，他给她打电话，不到半个小时，她便站在他的楼下。他下去拿，同事看到了，不经意地打招呼：“女朋友啊？”她的眼睛极快地闪了下，满是期待，他连忙说：“不是，是……”她把策划书递给他，欢快地说：“我走了，哥哥。”路上的声音有些嘈杂，以至于他听到她的语气里有了浓浓的雾气，一直走到车站都没有回头。

回家时候，她同往常一样，同他聊她一天的快乐和不快乐。关于上午的那件事情，她始终没有提起。夜里，她却有了风卷残云般的热烈，她的牙齿在他的胸前不安分地咬噬，喉咙里的呻吟放肆而又热烈。他们在窄窄的床上翻腾着，180度，又是一个180度，像两棵泛滥着情欲的树，抖落了一地的叶子，春天还没有结束。

夜半，她缠上来，说：“苏青，是不是我太矮了？”他佯装熟睡，没有说话，一整夜，她紧紧地握着他的手。他和她同时想到了失去。

她想他没有想象中那么爱她，六年，她以为他只是习惯。六年的时间，她怀了两次孕，同他发了一次脾气，其余的就是万般的好。

父亲东山再起，家境渐渐好起来。母亲告诉他，爸爸要让他去美国。灿烂的前程明晃晃地摆在眼前，他问母亲："如果我找个女朋友，156 厘米，你会不会觉得矮？"母亲在电话那端说："臭小子，又开玩笑。"他张张嘴，再没能说出话来。

5

他去了美国北部的一个小镇。小镇的冬天非常冷，有很厚的积雪，他最讨厌的就是白色，铺天盖地的空洞，让人无处可藏。可是，还是经常下雪，就像他经常想起她，想起她在植物园的雪地上，画大大的心，她站在心里面大声地喊："苏青，我爱你。"她的声音那么大，震得树枝上的雪都飘下来，他甚至看到她流了泪，他笑她说这三个字好俗气。现在，只有这些缥缈的白色，没人在耳边告诉他那么俗气的三个字，他却开始想念那个 156 厘米的女生和她给他的爱情。

他的邮箱里躺着一封邮件，是北北写来的，她说："苏青，你知道吗？那么有名的哈根达斯，竟然产自黑作坊，我们吃的无非是它的高雅，过后的肚子痛谁又能看得到呢？

他看到这封信的时候，竟然泪水湿了脸。此后，便再也没有了她的消息。

6

两年的时间，他的感情大多时间空白着。谈过几个女朋友，都是高挑丰满的女子，他们站在一起很是般配，可是依然不妨碍他常常把名字叫错。夜里，伏在她们的身体上，他常常想起北北纤细的舒展和柔软，青瓷般的光芒，于是，身边的女孩子总是无法承受他的若即若离，感情来了又走。

他试图找过北北，总是无疾而终。母亲有时候看他失神，会问起他曾经说过的156厘米的女朋友，问他是不是真的。母亲兀自说着，真要是那么矮可不行，婚礼上吃苹果那得是多尴尬的姿势啊。

第三年，四个季节只剩下最后一季的时候，来自国内的朋友要在纽约举行聚会，他竟然看到她。同来的朋友告诉他，这个女孩子家境殷实，父亲是国内有名的地产商。是她，没有错的。她穿了一件白色的T恤，牛仔裤，运动鞋，笑得青春温婉。她身边有个男孩子，一脸的爱意。他忽然觉得阳光刺眼，北北从来没有告诉过他她的家庭。六年的时间，这个女孩子可以为他做那么多的事情，他知道他曾经被她非常彻底地爱过，不似他那般自私。北北也看到他，走过来，仰着头问他可好，他动了下嘴角不知道该说什么。他真想抱抱她，对她说那么俗气的三个字，可是，他只能呆呆地站着。三年，她已经不是他的了。爱情，总是这样，早了或者迟了，都只能是一个人的事情。

“他对你好吗？”“嗯，他不让我穿高跟鞋。”她说的时候很轻柔，这句话却重重地砸在他的心上。不穿高跟鞋，六年的时间里，她一定期望着他跟她说这句话，就像期待着他说他不在乎他们身高的距离是不是最适合接吻。“那六年的时间里，你的脚趾躲在冰冷的鞋子里，陪着我走路的时候，心一定是疼的。”北北摇头，她说：“那时不觉得。”

有个男子走过来，挺拔修长，和他一样的高度，这是北北的他。他们跟他道了再见。阳台上，他看到他俯下身子，低下头来，吻她一下。他的头埋得很低，他能看到北北穿了平跟鞋，脚只是微微地抬起来，身体娇艳美好。他还能看到他们吻得很圆满，原来，接吻也可以用这样的姿势。

那天，他忘记告诉母亲，没有关系的，虽然有20厘米的距离，但是吃苹果的时候，他可以把身子俯下来。可是，他都已经错过了。

爱情公寓里的女人

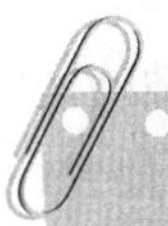

他不想听故事，因为他知道那个里面没有他。

■

她朝着他走来，踮起脚尖走上台阶，穿一抹绿色长裙。镂空的后背，细长的腿，凹凸有致的锁骨。“我想租套房子。”她望着他，纯净的微笑，颊上有浅浅的酒窝，“只要房子临街而居，有宽大的阳台和充裕的光线就好。”黄昏的阳光使她的眸子看起来静谧而又绚丽，整个人都是安静的，连带着笑容都温暖无瑕。

这一年，他27岁，生命里一次次的爱情去去来来如一次次的昙花盛开，以至于他对这种奢侈的东西有了免疫力，只有在感觉寂寞的时候，才会想到身边应该有个伴儿。这一年，他开着不大不小的房屋中介公司，上班的时候耐心地同各色客户周旋，揣测他们或快乐或抱怨的脸色；下班后，热衷于同三三两两的朋友去酒吧或者钱柜喝酒应酬——应酬生意连带着应酬感情，同酒吧里那些站成一排、带着一样笑容的女孩子讲些或荤或素的笑话，看她们纵情地笑，即使无聊得发慌也不喜欢回一个人的家。他讨厌冗长的电视剧里的卿卿我我，讨厌一个人沉在沙发上握着遥控器不停地转台，甚至讨厌网络上没说几句情话便要视频、便问他能做多久、便说喜欢他的女孩子。

他很久不做梦了，因为常常让自己困到极点才摸到床上去睡。一夜无梦，醒来定是亮堂堂的白日。遇见林筱凡的这天夜里，她却偷袭了他。白皙柔软的肌肤抵着他的下巴蛊惑地笑，笑到他醒来，摸摸身边空空的床，再颓然地去睡。半梦半醒间依旧是她，如此一整夜，早上醒来的时候便有些恍惚，他怀疑被这个女人下了蛊。

■

他约了林筱凡去看房子，陪着她东奔西走，几天下来也没有遇到合适的，不是太大，便是太旧。他们的主管开始还想劝他放弃这单生意，后来再看他眼神便怪怪的，带着戏谑的笑。

他不得不承认，这几日于他，时光是不曾有过的静好：开着陈旧的富康车，载着她走大街小巷，去看或远或近的房子，聊些不咸不淡的家常……房子最终一无所获，她却兴致高得很，执意要谢他几日以来的辛苦。于是去了九碗伴，点了茴香豆和西湖醋鱼。临窗有悠悠荡荡的秋千椅，她的故事也是晃晃悠悠地讲给他听的。

她离开这个城市已经三年，三年前离开时逃一样仓皇，以为一生一世再不会回来。三年后，却每一天都思念这个地方，想得心疼，回来后却是物是人非。他静静地听，故事有些俗套，对于这样的女子，离去与归来，大抵都是缘了爱情的纠葛撕扯，但是依然不妨碍他对她的漂泊疼惜。他在灯光下看她，晶莹的眸子有点点的亮光，这一刻，他竟然希望可以同她厮守辗转，共度时光百年。他开始相信，尘世里谁对谁好是一定的。

午饭后，他终于带她去了一处房子，紧邻这座城市最大的公园，像她说的，临街而居，有宽大的阳台和充裕的光。他知道她会喜欢，但是，上楼的时候他有些犹豫，这间房子已经登记了三年，物价飞涨，周围的房价已经翻了几番，它的房租却始终没有涨过。只是男房东对房客挑剔得很，每次带着客户看房子，他都会因为各种原因而拒绝前来租房的人，即使客户要再加些不菲的租金给他，他也会草草地打发掉，一句不合适便离开。所以，三年来，这间房子始终是空的。这一次，他决定为林筱凡撒一个小小的谎。

3

打开房门，客厅里有双人座的 Lover 沙发，七彩琉璃的地灯，原木地板。卧室宽大的床上有绚丽的床单，黄色的向日葵娇羞地开放，一朵又一朵。

这间房子他已经来过很多次，熟悉得很，于是径自带了她去阳台上。玻璃窗上有串装饰项链，其实是七颗珠子，只是颜色奇特，她看到的一瞬间竟然呆了，愣愣地站在原地。好久，激动地，几乎是雀跃地扑过来，拉着他的胳膊问他房子的主人在哪儿。她那么热切地盯着他，眼睛里有着渴望的光芒，他犹豫着，最终告诉她说：“这是我的新家。”

她定定地看他，眼里的光芒终于淡了去。她走进卧室，床头上的茶几上有一个机器猫的不倒翁，她打开它的底座，里面竟然有一张小得不能再小的卡片。良久，她问他：“你到底是谁？”他说：“我，方锡言，本地人，27 岁，开一家房屋中介……”她的手指堵住他的唇，兀自笑开去，却不出声。她说：“我可不可以住在这儿？”

4

他跑出去给房东打电话，他说：“哥们儿，我想借你的房子找份爱情，按期给你租金，好吗？”他说：“我在另一个城市，要四个月以后回去。你可以住，只是，若有人租房子，你要跟我说一下她的情况。”

这个晚上，他和林筱凡相拥而眠。关了灯，两个人都是静寂无声的，没有对话，看不清表情，肌肤紧贴着，抵死缠绵，一次又一次。街角有紫色的灯光透过窗帘照进来，给屋子罩了一层光亮。他只能看到她的身体，瘦且白，有着让人难以抗拒的光芒。他迷恋她舌尖的温度，湿润绵软，有着杀戮的力量，伏在她的身体上就丢了自己，跌宕起伏，不能自已。他喜欢这种幸福，让人沉迷，欲罢不能，陪着她多久，他也愿意。

他给她买大把的红玫瑰，花店的女孩说，现在的情人都不送红玫瑰了，这种颜色大抵是俗。他不信，偏要买了来，每天下班敲响房门的时候，把花儿藏在身后，给她一个惊喜。她喜欢穿他的衬衣，其实，确切地说，是衣橱里的格子衬衣；她常常把袖子高高地挽起来，赤裸着修长的腿光着脚在房间里走来走去；她会哼着歌炒菜，会坐在地板上剥橘子；会坐在阳台上，看天上的流云，神情时而悲伤，时而甜蜜，让人捉摸不定。

她喜欢让他抱着她，柔软的发摩挲着他的唇，偶尔调皮地亲亲他的脸，一切同恋爱中的人没有什么不同。他们夜里关着灯待在阳台上，有时絮絮叨叨地说很多，有时便是大把的沉默，窗外是风轻云淡的天，满大街的尘世流转，他觉得美极了。

有时候，林筱凡会问他，你真的是方锡言，这间房子的主人？

他一直不去猜测她的过去，可是，她给他的仿佛只是过去。她时常看他，眼光却飘得远之又远。他在夜晚看着她入睡，在清晨看着她醒来。他们手里端着情侣的套杯，一起刷牙……用相同的牙刷，看起来把日子过得深远悠长，可是，她的心却不在他这儿，他能看得懂，因为有时夕阳会把她的背影拉得长长的，神秘而孤独。

十月，他们去了繁华的泉城路，有婚纱摄影的人在做促销，热情地拉着他们去看宣传样片。她眼神里有躲闪，拉着他急急地走掉。在谢瑞麟，他执意要让她试一枚戒指，她的手指犹豫着，好久才伸给他，手是凉凉的，没有温度。戒指攥在手心里，硌得他生疼。房东说他要四个月才能回，他以为四个月，可以让林筱凡爱上他，然后跟他离开这座房子。

七天的假期，他们去了海边，黄岛的沙滩细细软软地亲吻着他们的肌肤，初秋的海有着诱人的芳香。两个人并肩躺着，天是蓝的，透澈得很，仿佛一切都小了去，她说：“你会不会常常想一个人？”

她还说，一个男人穿格子衬衣的样子，左手点烟的姿势，帮她戴那串鱼骨项链的瞬间，都被剪辑成了影片，一次次循环播放，无法忘记。她侧过身来看他，说：“曾经有一个男人，说要给我婚姻，给我一处房子，里面盛满了给我的惊喜。”她顿了顿，问他想不想听故事，他摇头，飞快地起身下了海。海水很凉，一浪一浪地扑过来，将脸也打湿了。他不想听故事，因为他知道那个里面没有他；他也知道，故事里，一定有一个男人——他的好，他的坏，早已成了一座坚实的玻璃之城，横亘在她的心里，让他无法进入。

■

从海边归来的当夜，在床上，沙发上，地板上，他们用男人和女人最古老的方式，一夜纵情。她配合着，放肆而热烈地让欢愉的声音击打着满屋子的欲望。

清晨，天空有悠悠的白云，地面已是落叶缤纷。他给房东发了短信，告诉他，有一个女子住了他的房间，戴了他的鱼骨项链，打开了不倒翁的盒子。

他在小区的长凳上呆坐着，空心人一般，直到看到那个男人的车极快地驶进小区。他知道，他打开房门的时候会看到一个女子，穿了他的格子衬衣，躺在开满向日葵的床上，静静地等着他。

等候出租的爱情公寓，满衣橱的格子衬衣，不倒翁里的卡片，雌雄两种鱼骨打磨的七颗爱情珠……都是他留给她的信息，关于他和她的故事。他不知道如何开始，又有怎样的纠葛。他只知道，他为爱情撒了谎。他以为四个月的时间，他可以让她跟他走，却不曾想，等待出租的爱情公寓里，他始终是一个中介。

而他的爱，只能如那些红色的玫瑰，灰飞烟灭，暗自存香。

天堂很近，幸福不远

我跪下来祈求苍天，可是，雨一直没停，这样的幻想，随着时间一点点地流逝，破灭了。

婷子：

我不知道这是我写给你的第几封信。自你走后，每次想你的时候，我都写信给你，然后把它们放在书桌左侧的抽屉里。还记得这张书桌吗？它陪了我们七年，是结婚的时候你执意挑选的一件最贵重的东西，因为你觉得我需要它。实木，方正，厚重，五个小伙子费了老半天的工夫才抬上来，你说我们的爱情也会这么坚固，你不是个浪漫的人，这句话便成了我的记忆里你说过的最浪漫的话。其实，你也总说我不浪漫，枉费了语文老师的职业，你有时候会埋怨我从恋爱到结婚没有给你写一封情书。婷子，自你走后，我常常想起你这句话，每次都会湿了眼眶，所以，现在的我每天都写一封信给你，抽屉里，已经有了厚厚的一摞，可惜你再也看不到。

今天我下班回家的时候，王婶和孙姐对我说："你还不跟那个沈菊结婚，趁着年轻，再生个孩子？"我听了这句话，一下子想到你，眼泪猝不及防地掉下来。

去年的 5 月 12 日，整个城市山摇地晃，学校和我们的房子都塌了，我被救出来的时候，伤了胳膊。那几天，老天一直在哭，在废墟上，一大堆的家长都在望眼欲穿地等待孩子的消息。我站在人群里，被雨淋得湿透，却不觉得冷，我担心儿子，担心你。漫长的 26 个小时后，我眼睁睁看着我们儿子的尸体被抬出来；家那边，你也走了，我连尸体都没有找到。婷子，我再也想不到这世间还有比这更残酷的事情。几十个小时，你和儿子，我最爱的两个人，没有了。我疯了一般去挖那些冰冷的石块，却找不到你，我幻想你平安地躲过这场劫难，被转移到安全的地方。我跪下来祈求苍天，可是，雨一直没停，这样的幻想，随着时间一点点地流逝，破灭了。

婷子，你永远看不到这座城有多么可怕了。我们共同走过的路，一起去过的地方都消失了。山和山都挤在一起了，到处都是残垣、断壁和哭声。你开的小超市也不在了，那儿先是乱瓦林立，后来，乱瓦也没了，全都成了平地。有很长一段时间，我蹲在裂开的马路对面，一待便是一上午，甚至一天。后来，我再也不敢去这样的小型超市，小型超市总会让我想到你和儿子，就像现在，写这封信的时候，我还看到他胖乎乎的脸，乐颠颠的，从自家的货架上取了东西，给我要了钱，让收银台的你给他结账。那时候的我，是什么样子的？一定是在一旁满含爱意地看着你们。现在呢，婷子，现在的我，在夜晚来临之后，在那些只剩下我一个人的黑暗里，在我的眼泪根本就停不下来的时候，我不止一次地边哭边抽打自己耳光——为什么我没有在你们身边？为什么离去的是你和儿子，而不是我？

婷子，你们走后，我一直过得很恍惚。我好像总是听到你在不远的地方跟我说话。你唠叨着："你看这一头的粉笔灰，还不快去洗洗；你的鞋子又乱摆，跟你说过多少次了，你怎么就是不听呢……"想到你说这些话的时候，总是胡乱在身上系着一条围裙，头发蓬乱着指手画脚，一副气急败坏的样子，我就会忍不住地微笑，笑过之后泪就会呼啦啦地落下来。昨天晚上，我又做梦了，梦到了在我们宽大的床上，我对着你和儿子唱歌，唱《你是我老婆》，唱《小乌龟》，你们爱听的歌我都一首一首地唱，你和儿子的笑声，那么响。婷子，醒来之后，有很久，我都不愿意睁开眼睛，你知道，不睁开眼，你和儿子就会一直在。

我从不知道生命是这样渺小，一场地震，那些握在手中的幸福全部化为乌有。你走后第三个月的时候，下了一场大雨。那天，我遇见了沈菊，是她给了淋得湿漉漉的我一把雨伞，并且站在我身边流泪。这一丁点儿也不稀奇，地震过后，我们身边大把的人都在经历着这样那样的伤痛。婷子，你不介意我对你说起她吧？她在地震中失去了丈夫，现在，在校门口开了一家小吃店，这也是她以前谋生的方式，我们的儿子或者还曾经去她那儿吃过小零食。其实我很佩服她，她总说她不会干别的，日子还要向前过，于是只有用重复的手艺待在原来的地方将日子过下去，睹物思人，这样的重复带来的就是伤害的重复。婷子，我就让这样的重复逼到自己将要崩溃。我没法离开我的职业，上班的第一天，我和那些孩子窝在临时搭建的简易房里，班里多半的孩子都没有了，留下来的，都是一脸的悲怆。他们都比儿子大一点儿，有着同儿子一样纯真的眼神。我告诉他们，我们不哭，转过脸去的时候，我却自己哭到绝望。

“我们后来住在一起。”婷子，写这句话我费了很大的力气，我总感觉你在天上，在不远的另一个世界看着我，一定会不高兴我的做法。可是，我们最初的想法，就是想身边有个可以说话的人，痛苦袭来的时候，身边的人随便说一句话，发出点声响，便是一种莫大的安慰。我们也都想忘记过去，也参加了心理辅导，心理老师教给我们怎么笑，怎么哭，我们照着做了。回到家里，吃着早点，还是会想起过去每一天的日子，想着儿子的第一篇作文说要和爸爸妈妈永远在一起。婷子，我知道日子还是要过，但想好好过，怎么就那么难。你走了，不会好好过了。

所以，婷子，我怎么去面对再一次的婚姻呢？

钰涵

婷子：

我今天去书店买书，经过了我们的超市所在的地方，心又疼起来。以前，每次下课早了，我总会来给你帮忙。透过玻璃窗看到你忙忙活活的身影，你把超市的那些物品，扫尘，分类，摆整齐，一刻都不闲着。你是一个不那么细腻的女人，我常说你性格彪悍，动不动就骂粗话。其实，你干起活来很麻利，心直口快，一心一意地疼我和儿子，是个难得的好女人，只是我很少表扬你。

上午十点，大大的太阳，我又哭了。

现在，沈菊一直在我身边，日子过得平淡而压抑，说是像夫妻，更像战友。我们相互抚慰，彼此照顾。周围开始有人劝我们结婚。之前，这是我们禁忌的话题。我总觉得你和儿子没有走，总觉得天堂是个很近的地方，很多时候我还会想，你和儿子现在在做什么。真的，吃饭的时候我会想起你们，看电视的时候会想起你们，公车经过有风车的花园时会想起你们，听见知了唱歌的时候会想起你们，上班时太阳升起的时候会想起你们，下班后星辰漫天的时候还是会想起你们……想到自己都觉得恍惚了。我想沈菊也是一样，她常常会走神，然后会在夜里忽然地痛哭。我知道，她的心里也有一个我不能走入的位置，所以我们都过不去结婚这个坎——结了婚，该把最爱的你放在哪儿呢？

可是，沈菊这些天却一直给我重复这个话题，她说，日子还要往下过，我们贷点款，把店里的规模稍微扩大一下。她还说，我们重新攒钱，趁着年轻，再生个孩子，以后老了也有个照应。她比我坚强。

事实上，女人在经受打击的时候，所呈现的力量是男人不敢比的。婷子，我不知道该怎样表达我的态度，我总忘不了你和儿子，我害怕并且不知道该怎样开始新的生活，这很不男人。可是，这一年来，我总在深夜做噩梦，梦见儿子在废墟底下喊“爸爸救我”，声声在耳。我总是惊醒，一身冷汗。好在，这时候，沈菊总是会默默地抱住我，等我平静下来的时候给我倒一杯热水。

事实上，这一年我越来越离不开热热的水，它们常常会让我温暖，就像沈菊。我总在想，如果身边没有她，我连个说话的人都没有，那种毫无防备，突然而来的痛苦，如果只有我一个人承担的话，我一定不止一次地想到放弃生命，或许，我们一家现在已经在一起了。前些日子，我看到伊能静的《生死遗言》，她写给她的爱人，让我比你多活一天，一天就好。我终于知道能够独自留下来，面对没有你们的世界，是需要怎样的毅力，如果她知道这样的痛苦，还会不会写下这些文字。

今天，沈菊又谈到“结婚”的话题，在我的沉默之下，她突然哭了，她对我说：“你没了老婆，我也没了老公啊！”我知道这句话她想了很久了。可是，她怎么会和我一样呢，我冲她吼：“你没孩子，你知道吗，你没死过儿子！”这是我第一次在她面前放声地哭，毫无遮掩，歇斯底里。婷子，我总想真正忘掉过去再开始新的生活，但我发现，我根本无法忘记过去，我无法原谅在你和儿子遇难时不在身边的自己。特别是儿子，他的班级与我的办公室只隔了两堵墙，在他需要我的时候，他一定喊过爸爸，我却不能给他一丁点儿的力量，这让我如何不痛恨自己。

婷子，这样的痛哭过之后，心里所集聚的东西好像被倒掉了很多。哭过之后，忽然想起你说过的“啥子时候都不能放弃好好过日子的心”。你一定不喜欢看到我这样，想到这，心里忽然明朗了。

是该好好地同沈菊谈一次了，每一天，都要照常地过下去。

钰涵

婷子：

写这封信，我犹豫了很久。

上个周末，我看了一期讲述类的节目，主人公在地震后，失去了双腿，失去了妻子和女儿。镜头里，他摇着轮椅一块块地砌砖，重整他家的围栏。婷子，原来这世界上还有那么多比我还要悲惨的人，这样想着，心里理应好受些，可是，我发现看到最后我泪流了满面。因为，他在镜头前笑着说："没什么，只要活着。"

是啊，只要活着，日子就要继续。我们无力掌握命运，可是，过怎样的生活，我们是可以自己选择的。可能，以后，我还是会做噩梦，还是无法彻底原谅自己，但每一天，还得过下去，人生必须是这么一回事。过下去，才能知道将来会发生什么。

看这期节目的时候，沈菊也在我身边。她说她失去过一次丈夫，她是真想踏踏实实能找一个男人一起过日子，她想有个依靠，不再提心吊胆，无依无靠。这一次，我握住了她的手。这一周，我还是会在一些安静的深夜里醒来，想起你，还有儿子……我会发呆，然后落泪，然后深呼吸，重新躺下去。你和儿子离开了我，但生活必须要继续，你和儿子一定在看着我，并且希望我继续快乐地生活，认真过好每一天。

亲爱的，黎明的时候，我又做噩梦了，沈菊还是那样，静静地递给我一杯热水。我看着她一点都不细腻的手，突然心尖子上酸酸的，回过神来的时候，我已经把她抱在怀里。这么长时间，我从没和别人这么近距离地接触，原来无论何时，人的身体都能传达这样无以言说的温暖。我站起身，也给她倒了一杯热水，递给她的时候，我说："咱们结婚吧。"我看见她的眉头先是皱了皱，然后眼泪一下子涌出眼眶，她紧紧地抓着杯子，低着头，抽泣着说："嗳。"她用最简单的话，答应和我一辈子过下去。我忽然觉得松了一口气。

窗外，天际之间有了微微的光亮，我们静默地看着太阳从东边一点一点地跳出来，先是在房子的缝隙里露出一点点金色，再缓缓地照亮整个天空。婷子，我不知道有多少年没看过日出了，原来太阳每天都是这么照常升起，金灿灿的，让曾经乌漆麻黑的夜空变得这么亮亮堂堂。

婷子，如果现在你在我身边，你肯定会使劲捶着我肩膀头，指着这太阳大叫，真美！

婷子，真的很美。

钰涵

你不来，我不老

我们每天说很多的话，除了爱情。我累的时候，你烦躁的时候，我们安慰着彼此，我们都知道有一个温暖着自己的人在，且一直在。

■

我固执地把认识你的时间定格在 1991 年，距此，已是十八年的距离。人说“恨只恨，姻缘薄”，我们却连恨都无能为力。还有谁比我们更早地遇见呢？ 12 岁，我们在同一个教室；15 岁，你的课桌与我隔了一条走廊；18 岁，我们在同一个城市读大学。所以，那些相遇迟了、相爱晚了的慰藉从不属于我们。只是，我们遇见了，却是两条平行线，隔着彼此的青春。

可是，上苍总是喜欢玩弄众生，它黄金般的手指偶然地点就，隔了十年的时光，我们因为一件琐事有了联系。说的话并不多，那些迟来的欢喜却像是九月的菊，开得热烈而盛大。这之后，电话，手机，QQ，MSN，这些便捷的方式让我们习惯了每天都有彼此的消息，不经意地回头，这条路我们已经走了太远。我一直在想，是什么让我们彼此吸引，是那些共同走过的时光，还是繁杂世事磨砺后对于平静的渴望？你常说我们的相遇像是遇见了另一个自己，而谁又能逃过对自己的欢喜。

■

我们每天说很多的话，除了爱情。我累的时候，你烦躁的时候，我们安慰着彼此，我们都知道有一个温暖着自己的人在，且一直在。可是，只能是这些。君已娶，我亦嫁。很多话我们不能说，那些渴望喷薄而出的时候，我们会不约而同地沉默。我们能望到的，只有彼此的头像。可是，不说又怎样。你说的，我全都明了；我未曾说出的，你也知道。

你说过很多次："丫头，我想去看看你，再不去，我们就老了。"你说得那么随意，我却能听出这节制的隐忍与渴望。于是，我说："人生还有那么久呢，总会见的。"这样的对话有很多次，你始终未来。我知道你害怕，你怕抵不过自己的情感。我没有告诉你，我也怕，怕抵不过自己的思念与你的坚持。我知道，与你交会的这一刹那，定是抵得过一生一世的欢娱与默契，那样的拥抱该是无以言说的温暖与悸动。只是，终是不能。君有妇，妾有夫。这么俗套的故事，注定了没有美好的结局，走近彼此，就走近了痛苦；远离彼此，就远离了幸福，这成了我们再真实不过的写意。

3

清晨，你打来电话，你说你的鬓角有了根白发，我心里一紧。你说过，你一定要来看看我的，不然真的怕来不及了。我看镜子里的自己，眼角已经有轻浅的皱纹，很快，或者我也会发现自己的白发。亲爱的，这一刻的我还是华美与丰硕的，我多想把这样的时刻留给你，可是，又怎能奈何这冰凉的时光？这些仓皇的、绝望的情绪一下子袭击了我，隔了185公里的距离，我与你一样，是如此想念彼此。于是，我等不及一刻钟一分钟一秒钟，下楼买了去你的城市的车票。

回家收拾行李，女儿光着脚丫奔过来问我："妈妈，你知道什么叫爱情吗？"我盯着女儿的脸蛋——这个小精灵——说："就是让他一直幸福。"

我收拾行李的手停了下来，这样飞蛾扑火地舞下去，突如其来的相见或者会让你有片刻的惊喜，但是，以后的岁月呢？这种隐忍的，晦涩的，无法坦然在阳光下的情感会让你幸福吗？

可是，我还是去了你的城市，风吹一吹，那些薄薄的记忆便纠缠而起。在你的城市里，与你近在咫尺，却是我最想念你的时刻。站在你办公室的十米之外，想着你每天会走过脚下这条小路，仿若能闻到空气里有你的味道。我在泉城路的报亭买了书，你曾对我说过，这条马路你每天要走很多遍。我踩在黄昏的斜阳里，仿若踩在你的足迹上。空气里有着喧嚣之后的宁静，还有你的气息，温润却有着杀戮的力量。

4

我们有多久没见了？记忆里最后一次见你还是在四年之前的同学聚会上。你穿着卡其色的上衣和牛仔，大多时候在微笑，离别的时候，我们还握了手。这些细节，我是在某一个夜晚突然想起来的。事实上，与你重遇之后，那些经年的往事和关于你的点点滴滴总会突如其来地跳出来，让我不停地想你，每一个你都是那年的男子——美好，干净。你也不止一次地说过，记忆里的我还是那个白衣蓝裙手捧着水晶心的丫头，无需修饰都是娇艳的美。所以，终是决定了不再见你，我愿意你的记忆里永远是我的花样年华，而我的记忆里全都是你的潇洒倜傥，所以，不相见，记忆里的你我便是永远。

十八年，我相信这在我们一生的时光中已是足够长久。曾经，我喜欢这个足够长，它宽慰我，仿若我们一直在彼此的生活里。可是，这又怎样呢，最美的年华，我们错过了！现在的我们却没有勇气，也不能自私。婚姻里的责任和义务，时时提醒着我们，而当爱与责任合二为一时，恩典才与我们同在。

■

原罪本无罪，罪过的是情感的游离和纠缠。因为爱，我企盼着你幸福，安宁。让你幸福的方式便是，让你的美丽与哀愁，悲欢与爱恨，都与我无关。

所以，我来你的城市，我走你走过的街道，去你去过的地方，为了同你说一声再见。这一生，木已成舟。花曾开过，爱曾来过，而我们，再也不见。

你不来，我便不曾老去。

往事别乱翻

他听见自己心底的声音，他是多想陪她走这一段路，一段最遥远的路程，来到以前出发的地方。

1

夜里的林承欢窝在身边，睡得踏实，月光很好，明晃晃地照进来，失眠的是黄培生。

林承欢今晚烈焰一般，刚洗过澡的身体，湿湿地贴上来，竟是用牙齿脱掉了他的内衣，她的嘴唇有点凉，泛起他皮肤上一簇一簇的花。他的身体被她惹得已经做好了蓄势待发的准备，她却不肯就范，微凉的手指从他的嘴唇到他的脚趾，浓烈的情欲怎么都跋涉不完。无论走到哪一步，都有令人战栗的惊喜，她竟是让他觉得新鲜无比。

烂漫一夜，本该是欢愉后的满足，黄培生却开始不踏实起来，她带给他的新奇和陌生，使他翻来覆去地想到白天发生的事情。

2

白天，他们去新开业的万达商城逛家居，拥挤的电梯里遇到一个女人，隔着人群就冲着林承欢喊："林萍，真是你啊，这些年，怎么没有你的一点儿消息？”黄培生开始并未意识些什么，是妻子瞬间冒汗的手心和紧张的表情，让他生起疑惑。他转头去看那个女人，对方也在一脸好奇地看他，再看林承欢，扭着头歪向另一边，仿佛一切与她并无关系。

还没到他们要去的楼层，电梯一停，林承欢就领着他迫不及待地走出去。整个下午，林承欢的脚步迟疑，情绪低落，后来推说自己不舒服，两人回了家。林承欢的心绪不宁惹来黄培生的如此不安。

黄培生其实有一肚子问题，结婚时，妻子的曾用名里填写了“林萍”的名字，她解释说小时候用过，觉得土气改掉了。他没觉得怎样，她的小半生他都未曾参与，一个名字的改变，是最简单不过的事情。

可如今，他想着过往种种，那些曾经在生活中泛起过涟漪的，一闪而过的疑问，如今细雨密林，雨后春笋一般，不断地冒出来。从来没有回过她的老家，她和家人极少往来，结婚两年也不过是他们婚礼的时候她的爸妈来过，平日里唯一的联系就是她偶尔寄钱回去。几千里的距离是她的借口，她很少提她的过去，偶尔提起来也是简单之至，他没有看到过她以前的照片，相遇之前的一切，几近空白。

3

黄培生其实是满足的，娶了林承欢这些年，他一直觉得幸福，唯一的遗憾，便是他会偶有不踏实。

他连这个城市的白领都算不上，薪金比林承欢低几千块，远在农村的家人生病买房甚至买农具也会来找他，时常有各种各样的负累，而这些，林承欢从来没有嫌弃过。

他喜欢她的贤惠，懂事，知书达理，喜欢她对人常常微笑无比礼貌，喜欢她爱心满满周末去孤儿院做义工的样子。

相处几年，她几乎没发过脾气，对他和他的生活无比包容。他喜欢这种好，可是这好如此完美，常让他有说不出的感觉，烟火的味道便淡了些，仿佛这幸福与甜美是借来的，不知何时就会还回去。

他有时候会问她：“你喜欢我什么？”她说：“我喜欢你这个人啊。”再细问，她便说：“我喜欢你踏实生活的样子，永远知道自己要什么的清醒劲儿。”这并不是他想要的答案，可是，再问便是矫情了。

就是这个夜晚，黄培生的心里生了魔，丝丝往事连成线，在他心里密密麻麻结成了一个网。他想解开它，那么迫切地想了解此时身边睡着的这个女人。

这世界并没有什么秘密能躲过一颗探寻真相的心。

一万元的费用，一星期的时间，林承欢所有的过往都摆在了他的面前。从黄昏读到夜晚，他读到了未曾了解她的那段岁月，他曾经遗憾的关于她生命的空缺全部填补上了。回家的时候，已是深夜，他走在这城市的街道上，心已恢复平静。

林承欢的人生并无太多绚丽，按部就班升学，恋爱，像诸多女子一样，唯一的一段波折是在五年前。

那时她 22 岁，刻薄，无知，歇斯底里，出现在一档电视调解栏目里，声嘶力竭地控诉一个男人的背弃。而那个男人，从她上大学就霸占着她的青春，却不肯给她婚姻之名，他在观众面前絮叨她的种种不好，说她懒惰，尖酸，多疑，心胸狭窄。他们在节目里吵着，互相揭着对方的伤疤，种种不堪，她恨极了想冲过去扇那人的巴掌，被工作人员拦住。她跳着脚地骂，哭着喊着，却还是妄想着要结婚要损失赔偿，间或的还有观众打电话进来，说着各种观点，有一个人说：“幸亏分了，这样的女人，咋敢要。”黄培生从未见过那样的林承欢，不对，那个被推到生活悬崖边的，因为绝望无助而灰暗卑劣的女子，是叫林萍的女子。

从林萍到林承欢，五年，这个女人走了一段多么艰难的路，才成了今日模样。黄培生有些遗憾，却是莫名其妙地踏实了，他的心仿佛一瞬间被注入些什么又撤去些什么。他终于站在了道德的制高点上，他的妻子终于成了他可以俯视的可以接近的女人。

■

相当长的一段时间黄培生会想起林承欢的过去，有同情有心疼还有感叹。她那时还年轻吧，看不懂制片人的心思，那些决绝的表现，放大的阴暗，为节目效果添了彩。

可她，真的是一个勇敢的女子，在经历那样的伤害之后，还保持了阳光生活、重新去爱的能力。他时常想，她走过的是怎样的一段路啊，要把功夫练到多深，才可以绝前尘弃旧事得如此凛冽地重新开始。

黄培生到底是个理智的男人，他越来越觉得日子的熨帖，婚姻生活里，他已经找到他最好的平衡点。林承欢的这一段过往，让他以往的那些小忐忑小纠结都烟消云散了。

这日子，真是他想要的。

■

林承欢打来电话的时候，黄培生正忙得不可开交，他升职了，要搬去新的办公室，才不过几年，杂七杂八的物品已经足够收拾半晌。

她跑来帮忙，她说他们刚买的新车还有三天就到了，他说："好啊，等车来了，我带你自驾游，走远些。"她说："还有啊，我们是否该要个孩子了？"他的手顺着她的脖颈滑下去，坏笑："现在要，好不好？"她嗔着他的坏，躲开他的手。烟火生活，安稳妥帖。

可，那是最后的安详了，他来回搬着东西，想到那摞资料时，急匆匆跑回来，她已经看完了。

举着那个文件袋，她说："你调查我？"发出来的声音冷、硬，像是被人攥住喉咙硬生生挤出来的。她是想镇定一些的，但是，话还没说完，泪就奔出来。他吓坏了，扑过来想抱她。他以为她会拒绝，就用了很大的力气，她却丝毫没反抗，他像是抱住了一个冰人。

他领着她的手回家，她不反抗地跟着他。他买的饭，她都听话地吃了，甚至乖乖洗了澡去睡觉。

他不知道她的心，从空旷到悲伤到绝望，一个晚上，揉碎了，拼起来，再揉碎，那些白纸黑字的东西有着如此杀戮的力量。那些她努力尘封起来的过往龌龊地在她面前蹦跳，她躲不过去，眼看着它们一下子戳进她的心里，任是她努力地找，也看不到。她侥幸地以为它们逃跑了，它们却又蹦出来，狠狠扎她一下，又没了影子。一夜，一次次炼狱，她躺在床上，死过去，又活过来。天明的时候，她的心已裹了一层茧，冰冰的。

■

黄培生感觉到了她的冷，试图温暖她。夜很黑，所有的灯都暗着，他看不到她的脸，他的舌头毫无章法地探进她嘴里，触到的是她冰冷的牙齿。他摩挲着她身体的敏感部位，却像是掠过干燥的沙漠，他开始有眼泪流出来，落在她的眼睛上，唇上，身体上。他想打开她，她是干涩的，他不管，乱吻下去，想着润泽她一点点，除了要她，他找不到任何通向她的道路。

还是有最后的高潮到来，他用尽了所有的力气，趴在她的身上，充满了恐惧。

林承欢的声音冷得像冰，她说："离吧。"

黄培生仓皇地下床，穿鞋，开灯，每一个动作都有些夸张，他的心里铁马冰河地乱，却不知如何抚平。他说："我是爱你的，我能理解你的过去，保护你的现在，相信你的未来，这些不够吗？"林承欢那边没有一点儿回声，屋子里静得只剩下钟摆的声音，一下，一下，响得人心里发慌。

他到天明才睡着，这一夜，他说了很多，他以往的不踏实，他知道这事情之后的心疼和纠结，还有他如今的安稳和长久相伴的渴望。

林承欢说："睡吧。"他听到她语气里的那一点软，泪一下子就涌上来了。他确定他是爱她的，比他想象的更爱。

7

他睡醒的时候，林承欢已经不在了，桌上是一份离婚协议书，她说："你逼得我只有离开。"

如今，黄培生才觉得这城市的大，他找不到她。单位，公园，等他奔到车站的时候，林承欢乘坐的火车还有半小时就开了。他远远地看到她，拨开人群奔过去，她站在那儿不动。黄培生伸过手去的时候，她攥住了他的中指，试图把他的结婚戒指摘下来。他想收回手去，竟是做不到。她用了全身的力气捏着他的中指，他意识到她的意图时，那么大的男人站在熙熙攘攘的人群里立时就哭了。

他没能拦住她，她说："给我时间，我需要复原。"她曾经是一只毛毛虫，在变成蝴蝶之前，孤单地在茧里经过抵死挣扎，所有的苦痛，只有她自己懂得。破茧而出之后，她选择了遗忘，武装了最美的衣裳，是他狠心给她剥去。

她检票进站，没有回头看他一眼。她是恨他的吧。她做了那么多，走了那么远，无非是想要一段新的人生，他本可以成全的，偏是吝啬。

可是，他听见自己心底的声音，他是多想陪她走这一段路，一段最遥远的路程，来到以前出发的地方。

生活，永没有可是。

不小心，爱过了

他曾以为，是她背弃他、亏欠他，可是在这一瞬间，他才明白：爱情这件事，从来都不容易。

陈家兵无论如何没有想到齐青青会这样绝情。她不接他电话，不回他信息，拒绝了他辗转求助于她闺蜜和朋友的一切道歉和示好。不肯给他任何消息，远在几万里之外的陈家兵只有空着急。

记忆往前推，最后一次通话是在两个月之前，她说："妈妈的腿总也不见好转，每两天做一次理疗，八点四十分，医院的停车位就满了，开几圈都找不到一个停车位置……"她好像哭了，但是他在忙着课题最关键的部分，有些走神，他说："着急也没用，慢慢来。"这句话重复了好几遍。他离她那么远，又是爱莫能助，也只有这些话可以说。然后，齐青青挂了电话，他的十三点，她的凌晨一点，她发来信息说"分手吧"。

陈家兵头疼了一下，也只是头疼一下而已。她常常这样，遇到委屈就提分手，他出国三年，她至少说了三十次。他想，有空时哄哄她就没事了。

■

可是，这次不一样了。她再没有给他机会。他回国来，接机的人也只有他的妹妹。

妹妹说："齐青青有新男友了。"他装作淡定地问："郝守程吧？"他听她提到过几次这个名字，那是她的同事，帮过她大大小小的几次忙，妹妹点点头，算是默认。他早知道这个男人不安好心，像条毒蛇，一直伺机而入，果然如此。

这个城市的夜晚何时变得这样流光溢彩，这三年他只回国两次。街角的一切对陈家兵来说都是陌生的，心里有些什么东西冒出来，叫嚣着不甘心。

回国后的第一个夜晚他是失眠的，辗转反侧。不是因为时差，而是回忆太浪漫。去年此时，齐青青穿了件厚厚的红大衣，里面却是薄薄的宝蓝色纱丽，她在出租车上把他的手引过去，他便摸到了她肌肤上的一团热。那是金风迎玉露的一夜，一年的思念，一夜的芙蓉帐，所有的热都像要炸了一般，寒冬月，两座火池。

夜晚会将人的负面情绪无限放大，陈家兵努力想找一个原因。他想不通，他们恋爱八年了，蔷薇花一般的绽放过程，如何就说走开便不见了？

■

他去她的单位找她，带了花和戒指。他是想挽回她的，短短一生，数十寒暑，想到同齐青青的花好月圆已是来不及，他就觉得这人生失了大半的意义。

齐青青不再躲他，约了他在单位对面的咖啡馆谈谈。

他一个人坐在大厅里，流水般的音乐，却搅得他坐立不安。这儿的一切都是陌生的，包括他曾经的齐青青。

他不知道她现在每天上班下班是个怎样的女子，不知道她过着什么样的生活。他们的所有联系都是在电话里，以前还有频繁的网络联系，后来齐青青的爸妈出去旅行出了车祸，她要跑医院，还要上班，他们就只剩了电话，每次通话时间还是短短的。

他也不知道她现在变得这样瘦了，更不知道她上班的办公大楼从城市的一边搬到了另一边。甚至齐青青从远处走过来时，他竟一时没认出她来。

齐青青是个乖女孩，陈家兵知道。他最爱她的也是这一点。男人永远都喜欢那些让自己省心的女人，因为除了爱情之外，毕竟还有很多正经事要忙，他也不例外。他希望她乖一些，同他一起为着未来奋斗。

齐青青说："对不起，我们真回不去了，可是谢谢你，陪我走了那么久。"谁要她的感谢，再情真意切地说又能怎样？他不过是想听她说一句"我爱你"。可是，再听不到了。她不肯回头，陈家兵说再多，她只重复说着对不起。

他把面前的餐具一下子推翻在地，摔门走掉了。

■

是齐青青耐不住寂寞吗？一个人的365夜，谁都是寂寞的，虫子咬噬一般的夜晚，陈家兵的心里也总有一只叫作欲望的小人儿在雀跃，可是，爱总需要节制的，不是吗？

因为真爱过，才知道分开会这么难过。陈家兵用尽了那些老桥段，可是再追不回齐青青。她从开始的道歉，到最后的躲避，一点点地拉开和他的距离。

他困兽一般，等她一整夜，强搂住她，索要一个吻，陈家兵没觉得过分。她曾经是他的，爱到浓处，她说她的命都是他的。她曾经在他的身下辗转承欢，那么激烈和缠绵，她都无尽享受。现在，他不过是讨一个吻。

齐青青那么猛烈地推开他，陈家兵终于知道，她不爱他了。不爱了，才容不得他碰她一下。

心里就有了恨，他找到郝守程，请他退出他们的生活。相见不太愉快，他说："我真的爱齐青青。"一个男人，如此说话，已是失尽了姿态。

郝守程问他："如何爱？"他说："我几乎每天都给她电话，嘱咐她生活中的每一点滴。""还有吗？""我们在一起待了八年。"郝守程不说话，抿了一口咖啡，风轻云淡似的表情点燃了陈家兵心中的恼与怒。他说："我睡过她千百次了。"其实，说出来后，他也觉得不齿，可是，与所爱的人生离死别，总会让人心灰意冷，丑态百出。魔鬼一旦从所罗门瓶中奔出，就再也不会回头，只要能够抵消几分内心的伤痛，它就不惜毁灭世间一切。

郝守程的拳头重重地挥向他，他说："说出这样的浑话，我都替齐青青这八年不值。"

5

齐青青主动打他的电话了，她说："你真无耻。"他笑得生冷，一句一句还回去："拜你所赐"。

好吧，无耻又如何，人在伤到困兽一般的时候，凡事都不觉得过分。他在网上搜索邮箱，手机，QQ，凡是和齐青青公司有关的通讯方式，他都保存下来。回加拿大前的一星期，他把他们曾写过的火辣缠绵的信，把齐青青给他的私密照片，统统发了出去。

他留了一个烂摊子——多贪心，还想看一星期的好戏。

妹妹带回来消息，齐青青在和郝守程闹分手。齐青青辞职了。齐青青的妈妈又被送到医院里去了。

可是，他没觉得丝毫快乐和轻松。

又是一个清晨，他夜里做了噩梦，睡得不是太好。推开窗，看到楼道口站着一个老人，是齐青青的爸爸。老人家看到他，向他招手。

他拄了拐，白发多了，身体比陈家兵去年走的时候糟糕很多。陈家兵下楼的时候，心里有些难过，他为这个老人买过几次礼物，陪他下过几次象棋，老人差点成为他的爸爸。

老人说："变心是青青不对，报复她是你不对。家兵，你不懂得，爱是可以相吸的，婚姻却必然是相依的。"他沉默着看老人艰难地一步步走开，无论心里如何打了一场败仗，脸上总要显得若无其事。

6

没有发生任何想象中的对他的报复。齐青青自杀未遂，送到医院抢救了。听到这个消息，他差点一步从楼梯上踩空，这不是他想要的结果。

可他到底要什么？他无非是想要以前的他们，白首不分离，她再等他两年，他回国，他们结婚，他真的不过是想要这么简单的花好月圆。

他去医院看她，一路上都在想他回国后做的这些事情。他在她公司里大吵大闹，找她的爸妈评理，给她的闺蜜怨妇一般数落她的不是，还有，传播了那些曾经是记载了他们百般甜蜜如今是万般侮辱的信以及齐青青几乎全裸的写真。

万般念头飞出来，是谁把所罗门瓶子里的魔鬼放出来？他是浑了，被魔障了心，他不知道这分手怎么会逼出他身体里那样一个自私刻薄的小人来。

病床上的齐青青整个人又瘦了一圈，她看到他，只是苦笑，她说："去年，爸妈出了车祸，医院下了病危通知书，我一个人在医院，瘫软得连字都签不了，眼泪从来没有断过，哭天不灵，哭地不应，是郝守程第一时间赶到。爸妈在ICU监护了一星期，他就守了一星期。然后，我半个月没能上班，业绩被人抢了，他跑去找我的领导，又疏通关系，嘴上起了一圈水疱，最终公司还了我公道。再后来，我在回家的路上遭人抢劫，又是他寸步不离地陪我一整夜，从那之后，接我上下班。这一年，我身体也分外弱，高烧不退，急性阑尾炎，爸妈一个躺在病床上，一个行动不自如，又是他来照顾我。我很想像我说过的那样坚强，可那真是一种幻想。你对我说：‘慢慢来，会好的。’我也理解你，太远的距离，有心无力。可是，你知道吗？女人是最优秀的记分员，我的心里有一杆秤，我开始还希望有一天相守，你会把所有欠的账都还上，把分数打平，可是最终没能坚持。”

她一口气说了这一大段话，陈家兵愣在原地。

■

去年的齐青青是什么样子，前无退路，后有追兵，走投无路却不得不冒着风雪前行。她不过是个 25 岁的女孩子，可他呢，却还要她再等他两年。他以为过程是苦一些，但是只要有了结果就是最大的补偿。可是那些他不在的日子，郝守程陪着她，做了一个男人能为女人做的种种，她没有理由不依赖他，不爱他。

那时的陈家兵其实可以回国，可他想着早点完成任务就可以早点回国，一切都可以来得及补偿。却独独忘却，你和谁共享过苦难与艰难，你就和谁共同拥有了一份无法割舍的亲密，那些休戚相关的陪伴，才会给彼此的生命打上对方的印记，这是陈家兵败下来的地方。

他说：“对不起。”这是他第一次说这句话，他以为他从不曾欠她的，以为他是爱她的，却不曾知道，爱情有时毫无力量。她要一个实在的人，春天带她去爬山，夏天带她去钓鱼，秋天带她去烧烤，冬天能帮她暖手暖脚。能陪她去超市买菜，能在医院照顾爸妈。他可以不说我爱你，可是，她需要他的时候，他一定能在她身边。陈家兵想起齐青青的爸爸说过的那句话：爱是可以相吸的，婚姻却必然是相依的。在现实面前，我们都有自以为是的坚强。

■

他曾以为，是她背弃他、亏欠他，可是在这一瞬间，他才明白：爱情这件事，从来都不容易。

夕阳落下去，城市很快要陷入夜色里。谁都来不及伤悲，新的一天又开始了。